FREDRIK BACKMAN

SAKER MIN SON
BEHÖVER VETA OM VÄRLDEN

〔瑞典〕弗雷德里克·巴克曼——著

陶曚——译

不要和你妈争辩

果麦文化 出品

儿子：

这本书献给你的祖母，

是她教会我热爱文字。

这本书更献给你，

因为世间一切原因。

目录

001 **致我的儿子**
我真的真的想为这一切向你道歉。

003 **关于浴室感应灯**
此时此刻,你、我和一坨便便一起呆坐在黑暗之中。

017 **关于宜家**
不要沿着箭头相反的方向走。我是认真的。

031 **关于足球**
合群的感觉很重要,别当个局外人。

044 **关于商品**
你都不知道这世界上有多少专门卖给孩子的破玩意儿。

060 **关于男子气概**
当你妈笑出声的那一刻,就是我觉得自己最男人的时刻。

074 **关于上帝和机场**
95%的情况下,"为什么"的答案都是"因为人类真的太蠢了"。

086　**关于你那只会唱歌的塑料长颈鹿**
现在是凌晨三点四十五分,老爸从你出生以来就没好好睡过觉了。

102　**关于菲莉西亚的妈妈为什么讨厌我**
我知道你喜欢那个叫菲莉西亚的女孩。但事实是菲莉西亚的妈妈觉得你爸是个白痴。

113　**关于善恶**
永远不要把刻薄当作能力。不要把善意视为软弱。

126　**关于组建乐队**
真正的朋友不会抢你暗恋的姑娘。真正的朋友不会在"魔兽世界"里黑你的装备。

138　**关于爱**
你妈是素食主义者,但她依然选择了我。我想这大概比任何解释都更能告诉你爱是什么。

149　**当我紧紧握住你的小手**
人生是一场分寸之间的游戏。

致我的儿子

儿子：

我想向你道歉。

为了之后的十八年或更久的时光里我所做的一切而道歉。为了我错过的一切，我无法理解的一切，还有那些家长会后你不想给我看的笔记而道歉。

包括每一次我让你难堪的时刻，每一次我非要跟在你屁股后面去参加的露营，还有那些你不敢带回家见我的女朋友或男朋友。

在众目睽睽之下跳"老妈错了老爸永远是对的"滑稽舞。

在你学校的家长垒球友谊赛上表现过于"出众"，喊你的数学老师"傻瓜"，和你的朋友们击掌未遂。

买了辆小货车送你上学。

总是穿大裤衩。

你第一次正式邀请我去生日会，我迟到了。看到游乐场排队的长龙，我发了火。我喊滑板商店的年轻店员"老兄"。我无法理解你为什么喜欢体操而不是足球。我上厕所的时候总是忘记锁门——反正该看见的你也都看见了。

还有那些假期。那顶牛仔帽。那件"体重不过180斤不是男人"的T恤。我在你高中毕业聚会上说的话。

还有每次我喝多了,把"两个爱尔兰人在船上"的笑话又讲了一遍的时候。

我真的真的想为这一切向你道歉。

但当你生我气的时候,我希望你记得,在我眼中,你永远是那个还没长牙的一岁小男孩,紧紧抱着毛绒狮子,光着屁股站在走廊里咿咿呀呀地对我笑。

每当我不可理喻、令你难堪、让你觉得不公平的时候,我希望你想想那一天。

那天你死活不告诉我,你到底把我的车钥匙藏到哪里去了。我希望你记得,那可是你先挑的事儿,哼!

你的老爸

关于浴室感应灯

咱们从头说起。我是你爸。我知道你渐渐开始理解这件事了。到目前为止,你在人生这艘船上快活地航行,我们追在你屁股后面收拾一地鸡毛。不过你现在已经一岁半了,据说这正是学东西的好年纪,比如恶作剧之类的。这一点我百分百确定。来,让老爸现在就给你讲讲。

首先我想让你知道,为人父母可不像看起来那么轻松。要操心的事情可太多了——尿布包、安全座椅、哄睡神器、备用袜子、便便……特别是便便!要操心的便便可真是太多了!我不是针对你啊。你可以问问所有刚有孩子的父母,天哪,有娃的第一年,整个生活简直就是围绕着便便打转!

便便出现了。便便消失了。发现便便。感觉到了便便的气息。等便便。说真的,我简直算不清有孩子之后,多少时间是花在等便便这件事情上。

"准备出发?好嘞!拉了吗?啊?你说什么?还没有?可恶!好好好,保持冷静,不用惊慌。几点了?我们还要接着等吗？要么现在就出发，希望一路上能挺住？行嘞，赌一把吧！不行？万一路上拉了怎么办？你说的也对。好吧。别吵，让我好好想想！万一一直不拉，我们就在这儿干耗时间怎么办呢？冒个险，现在就走呗？那万一路上拉了，咱们肯定得互相埋怨'上帝啊，要是当时直接出发，而不是吵来吵去的，肯定就不会拉在半路上了！'"

懂了吧？自打你出生，生活就变成了这样，整个人生围绕着便便运行。我开始真心诚意地和陌生人讨论便便——形状、颜色、时刻、沾到手指上的、蹭到衣服上的、卡到洗手间瓷砖缝隙里的，甚至针对这些形而上的体验展开了学术探讨。几年前，瑞士物理学家在媒体上宣布了一项惊天动地的大发现。他们发现了一种比光速还快的"不明粒子"，全世界都在猜测这种新粒子是由什么构成的。而所有家有婴儿的父母默契地望着彼此说："便便。我敢打包票一定是便便。"

最坏的还不是便便本身，而是未知的时刻。看到宝宝脸上用力的表情时，你禁不住会自言自语："那是……好像……刚刚也许是在做鬼脸？或者只是放了个屁？老天，我们还有三个多小时才下飞机，拜托你只是放了个屁吧！"我们等了五秒钟。这简直是宇宙诞生以来最漫长的五秒钟，每一秒都像是一出讲述人生大道理的法国戏剧那样难熬。

终于，某种熟悉的气息像《黑客帝国》中的慢镜头那样，缓缓飘入鼻腔。那感觉酸爽得就像是被一袋湿漉漉的混凝土直接糊到脸上。我抱着你，在狭小的机舱里一步步从座位挪向洗手间，步伐沉重得像是罗马斗兽场里走向狮子的奴隶。虽然从洗手间出来的心情就像是劫后余生，但在进去之前，人们眼中的我只有一个形象——悲壮的"角斗士"。

等你长大点儿，我要好好给你讲讲你的第一坨便便。那一坨古老、不朽、开天辟地的便便。每个宝宝在来到世界的最初二十四小时之内都会有一坨初便。而它竟然是全黑的，简直就像是恶魔的便便一样。这可不是开玩笑。

换那片尿布就是我首次走上战场。

你肯定会想我干吗现在提这件事。我只是想让你知道，生活中的一切都是相辅相成的。你看，便便是世界的一部分。鉴于环境问题和可持续发展变得至关重要，你有必要了解便便在人类的宏伟蓝图中扮演的角色，以及便便对现代科技的重要意义。

世界可不是从一开始就是如今这个样子。就在不久前，一切都还没有电子化和互联网化。你能相信吗，我小时候那会儿，如果想不起来某个电影主角的名字，根本就没地方去找，唯一的办法就是等到第二天去图书馆查。很麻烦，对不对？当然还有个办法是打电话问朋友，可是想想看,你可能要等电话铃响了十声以上才等到一句"他不在家"。不在家就没法接电话,你能想象吗?

那时候的生活和现在完全不同。然而科技出现了,互联网、手机、触屏……这些垃圾玩意儿给初为人父母的我们这一代人带来了巨大的压力。上一代父母还可以轻描淡写地用一句"不懂"搪塞过去,我父母就是这么干的:你竟然在哺乳期喝红酒?"那会儿不懂嘛。"让婴儿把肉桂面包当早餐吃?"那会儿不懂嘛。"小孩不系安全带就坐在后座上?怀孕期间还用过安眠药?"拜托,我们那会儿不懂!"

而我们这一代就不能不懂了。我们什么都得懂!你知道这意味着什么吗,儿子?如果你的童年出了什么岔子,我就是责任人啊。哪怕于情我的初衷是好的,于理也是说不过去的。别人会说,你当时可以上网查啊,你应该上网查啊。老天爷,为啥我当时就没上网查一查呢?可恶!

我们这一代人不想踏错一步,擅长的事情也很有限。遇到问题的时候我们无须尝试,而是直接打给懂行的专家。我们有网络商店、报税专家、咨询师、健身教练和苹果公司的技术支持。

我们的大脑对于如何养育孩子一片空白。所以我们上网查,或者浏览在线论坛的帖子。你差点把头撞到桌角上的时候,我们紧张兮兮地打电话给医生,咨询这个小意外会不会造成心理阴影。否则当你十六岁几何考试不及格的时候，我们可能还在内疚地想"挂科会不会是因为小时候的创伤应激障碍"。如果你长大以后不爱学习，整晚拿着幼稚的激光枪和气垫船跑出去疯玩，我们可不想担这个责任。

因为我们爱你。

这是唯一的原因。我们希望你成为比我们更好的人。如果我们的孩子长大后没有成为更好的一代，那繁衍后代还有什么意义呢？为了让你更善良、更聪慧、更谦逊、更慷慨、更无私，我们竭尽所能地为你创造最好的环境。所以我们严格遵循睡眠方法指导，参加各种研讨班，买符合人体工程学的浴缸，把汽车座椅推销员逼到墙角大吼："我要最安全的！最最最最最最最最最安全的！听见没有！"（我当然没这么粗鲁了，别老听你妈乱说。）

我们用电子设备密切监控着你的整个幼年时期。我们带你去亲子游泳课，买纯棉透气的衣服，甚至连颜色都严格挑选中性色。我们整天提心吊胆，小心翼翼，手足无措，生怕犯任何一个微小的错误，生怕对你还不够好。在为人父母之前的黄金岁月中，我们简直是世界上最自恋的一代人；而有了你之后，我们才意识到自己并不重要，重要的是你。

从那一刻开始，我们随着你哭，随着你笑，因你呼吸而呼吸。察觉到这一点已经足够让人恐慌了。更恐慌的是我们还没准备好呢！

我们唯一想做的事情就是保护好你。保护你远离生活的沮丧、坎坷和不愉快的恋爱。其实到目前为止我们还不知道我们到底在干啥——养孩子这件事就像是在瓷器店里开推土机一样。还戴着眼罩。还喝多了。踩刹车的那条腿还不好使。

但管他呢，我们还是会竭尽全力试一试。我们想成为最好的父母，就这么简单。

所以我们上网搜索一切可能遇到的问题。我们开始在意环境，因为地球并不是我们从上一代人那里继承下来的，而是从下一代人手中暂时借来的——天哪，我们现在竟然连这种屁话都开始相信了，还身体力行地捍卫它！我们在客厅的墙上挂上有落日、礁石和环保格言的装饰画，买更安全更环保的车，注意废品回收利用，在所有灯上安装感应器——这样没人在房间里的时候它们就会自动节能。我们的出发点是好的，但想要的太多，所以有时会做得有点过火。没办法，我们这一代人实在是野心太大。比如说，有个该死的天才把商场母婴室里的灯全换成了自动感应的，于是我们刚在洗手间待三十秒，灯就自动熄灭了。

所以此时此刻，你、我和一坨便便一起呆坐在黑暗之中。

你还小，没看过奥林匹克运动会的吊环比赛，反正我现在就和那些体操运动员差不多：坐在马桶盖上使劲挥手，想让感应灯注意到咱俩的存在。我左手举着比哑铃还重的尿布，右手举着半包湿纸巾，单腿站着，另一条腿抬起来挡住尿布台上小小的你，防止你掉下来，同时还要想办法让灯亮起来——简直就像在演一出现代版的《天鹅湖》。

就是在那一刻，我觉得我们这一代人对环保的重视真是矫枉过正了。反正我是这么觉得的，你明白我的意思吧？

我看你是明白了。

我只想让你知道，我爱你。等你再大一点，你就会意识到我在你小时候犯过许多错误。我自己承认这一点。但是你要明白，我已经尽了最大努力。这是有据可查的——我绞尽脑汁、全心全意、调动了我的全部智慧——反正我拼命在网上查了。

话说回来，那个洗手间真是太黑了。到处都是便便，你只能跟着感觉走。说实话，咱俩能活着走出那个洗手间你就应该谢天谢地了！

老爸给你的生存小贴士

1/ 从云霄飞车上跳下去。

2/ 抓住绳索,看准时机跳到船上,拿走一桶朗姆酒。

3/ 取得灯油。

4/ 把绳子浸满灯油,再浇上朗姆酒。去找大雪猴,把那桶朗姆酒塞到它腋窝里。

5/ 老查克出现并开始放火的时候,对他使用胡椒粉,他会对着绳子打喷嚏。绳子着火引发朗姆酒桶爆炸,大反派就被干掉啦。

以上就是《猴岛小英雄3》最后一关的全部秘籍!
你妈大概又要翻白眼了,但我不会让这么宝贵的知识失传的!

老爸对你的期待

你妈（一边读比利时儿童心理学家的著作一边说）：书上说他现在正处于一个关键的发育期，这个时期他的大脑会专注于某个具体功能……

我：哦……

你妈：书上还说不同的小孩在发育期的侧重点不同，有些孩子很早就学会翻身，有些语言能力发展比较快，有些特别早就会握住东西了……

我：啥？你的意思是不同孩子有不同的超能力？

你妈（用看外星人一样的眼神看着我）：呃……大概也可以这么理解吧……

我：就像是X战警里面的X学院一样？

你妈（叹气）：行吧，就像那样。如果你觉得"学会翻身"算是超能力，那就是吧。

我（看着躺在地垫上熟睡的你）：不知道他的超能力会是什么呢。

你妈（看着你）：显然很擅长睡觉。

（一片沉默）

我：睡觉不太算是一种超能力哦？

你妈：不算。

（一片沉默）

我：这孩子可真是让人失望啊。

你妈：喂！乱说什么呢！

我：怎么了？你得承认技能是"擅长睡觉"的娃在X学院里肯定会被人欺负死的。

你妈（抱起你离开客厅）：我把他抱到小床上去睡，这样就不用听你在这里胡扯了。

我：你觉得金刚狼的妈妈会像你这样溺爱孩子吗？喂？

（一片沉默）

我：不过我在想啊，会不会他是晚上溜出去干坏事，白天睡觉呢？

生日的复杂计算法

护士： 啊哈，看来你的小宝贝提前几周出来了。

我： 没错，他是在37周出生的。

护士： 不对，你看这里，写着是36周+5。

我： 对，36周加5天，那不就是37周吗？

护士： 我们不是这样算的，你看，这里记录的是36周+5。

我： 所以你的意思是他是36周出生的？

护士： 准确地说是36周加5天哦。

我： 那不就是37周了吗？

护士： 不是这样的，我们不是这样算的。

我： 什么叫你们"不是这样算的"？不都是按周数算吗？

护士： 不是哦，我们按天数算。

我： 那周数是由什么构成的呢，请问？

护士： 由天数构成的呀，这我当然知道了。

我： 那就是36周？

护士： 加5。

我：那不就还是第36周吗？

护士：呃……是呀，但还要加5呀。

我：可是第36周已经过去了，再加上5天，那不就意味着已经是第37周了吗？

护士：行吧，爱怎么算怎么算吧。

我：当然应该这样算！

护士：可是我们不这样算呀。

我：那到底算是哪周出生的？

护士：36周，加5天。

我：所以还是第36周出生的，没错吧？

护士：其实吧……

（一阵沉默）

护士：您找什么呢？

我：头痛药！

提醒自己

护士不喜欢听到我把"如厕训练"这个词用在孩子身上。

关于 宜家

不要在海洋球池里面尿尿。

这是我能给你的唯一一个建议。

对了，还有就是不要沿着箭头相反的方向走。我是认真的。我爱你，所以我现在提醒你，如果你在宜家沿着箭头相反的方向走，那谁都救不了你了。每个人都知道地上的箭头是为了告诉我们正确的方向，防止造成混乱。要是每个人都不按规矩来，那世界将会一团乱麻，文明社会将在末日审判之时陷入一片火海。

如果你在宜家商场里逆行，人们可不仅仅会怒目相向，或是在衣兜里暗暗攥紧拳头。如果你以为仅此而已，那你就太天真了，宜家的顾客简直是世界上最不被动的被动攻击型人群！染紫色头发、一身烟草味的中年妇女会用大推车怼向你的小腿，就像是财大气粗的大型捕鲸船撞向绿色和平组织的小橡皮艇那样，实力相差悬殊。老大爷们会大声对你骂脏话，肢体动作和他们的语言一样粗鲁。用背带把小婴儿背在胸前的父亲们会"不小心"对你使出铁头功。咱们实事求是地说,在高速上逆向行驶[1]都不会遭到陌生人如此巨大的敌意!敢在宜家逆行的人简直就是法外之徒。我指的不是那种和弟兄们快乐地生活在森林里的绿林好汉,而是狩猎季节逃命的猎物啊。如果你在罗宾汉电影里问凯文·科斯特纳和罗素·克洛:"我也是不走寻常路之人,加我一个呗?"他们的反应一定是这样:"我没听错吧,你刚才说你干了啥?听着,老兄,我们杀过人,抢过劫,干过坏事,无法无天,但是我们可从来没有在宜家逆行过!你这人脑子有什么毛病?你难道看不见地上的箭头吗?"这种做法就像抢别人的停车位一样不可饶恕,所有人都会为此要你的命。

但除此以外,不要在海洋球池里尿尿。这才是最重要的。

我知道你肯定觉得很奇怪,我为什么要花这么长的篇幅讲宜家商场的事情。哎,事出有因嘛。我人生中最糟糕的时刻都发生在宜家。除了牙科诊所和火葬场之外,我最避之不及的地方就是那儿了。我不会以剁掉一条胳膊或者吃大便来发誓,我又不是神经病。但是几年前的周末,我真的宁愿

---

1. 编者注:请遵守交规,切勿逆向行驶。

剁手或者吃大便也不愿意去宜家。有一次，你妈试探过我："真的吗？做任何事都行？"我说："只要不去宜家，让我做任何事都行！"于是你妈让我裸奔去倒垃圾。那是另外一个故事了。然后我就长大了。你也会长大的。你会渐渐学会用另一个视角看待事情，比如人生中一些美妙的时光同样发生在宜家。比如和后备厢里的宜家家具比起来，坐在安全座椅上的你更重要。

总有一天你会长大，离开学校，某天回家的时候突然宣布你不去念大学了。因为你要组建乐队、开酒吧或者去泰国开一家冲浪用品店。你会在眼球上文身，屁股上文一条龙，开始阅读实践哲学。这都没问题。年轻的时候当个白痴没事，本来这就是年轻人的特色。不过也就是那时候，我会建议你搬出去自己住。这可不是气话啊，我在这里白纸黑字地告诉你，这只是因为我想腾出你的房间放我的新台球桌。

然后我们就会去宜家给你的新居买餐具、削皮器和灯泡。这是爸妈该做的嘛，不客气。

我是十九岁从家里搬出去的，估计你大概会在二十岁出头吧。我能给你的最好建议是买足够多的盘子，这样你就不用经常刷碗啦。还有就是多留点地方塞空汽水罐。别在家里放违禁品。我知道你在想什么，你肯定想的是到时候找借口说是"朋友的东西"就行了。但是你妈来看你的时候肯定不会相信的。你妈又不傻,她肯定能看出来那些汽水都是你自己一个人喝光的。

除了这个,别的我就不插嘴了。男人的第一套公寓是属于他自己的。不过还有一个小小的建议就是,第一张沙发别买宜家的,买二手货就行了。最好的选择是二手棕色皮质沙发,最好比"死星[1]"还大,大到你需要一分钟时间才能判断出它究竟是沙发还是充气城堡。二手沙发的好处是当你的朋友佐克叼着烟在沙发上睡着时,沙发里的垫子旧到完全不会起火。你的夜晚十有八九会在这张沙发上度过,因为半夜关掉电视游戏之后,你根本没必要再费功夫爬到床上去。功能永远比形式更重要。买你想要的沙发,而不是你需要的沙发。相信我,你以后再也没有这样任性的机会了。

因为你迟早会坠入爱河。从那一刻开始,每换一次沙发都将是一次漫长的拉锯战。在年轻的时候尽情地享受生活吧!在理想的沙发上尽可能地多赖一会儿吧!

我知道你在想什么,你肯定觉得这样一张沙发会太贵了。不用担心,如果你愿意上门取货,总能找到一张别人扔掉不要的。

---

1. 死星:电影《星球大战》中的超级武器。

你可能现在还没意识到这些事的重要性，但是总有一天你会和心爱的人搬到一起住，到那时你就会顿悟了。

人生中大部分事情的关键在于选择战场。以后你也会学到这一点的。这一点在宜家再明显不过了。任何一个普通的工作日，你都能在宜家听到情侣为沙发套吵得不可开交，而在度假村，除非连续下了两周瓢泼大雨并且啤酒断货才会有人吵成这个样子。这些年人类对装修这件事过于严肃了，结果就是"解读行为背后的潜台词"变成了全国性的娱乐活动。比如："他想买磨砂玻璃杯，证明他永远不尊重我的感受！""天哪！她竟然选了榉木三合板！你听听，三合板！我的枕边人简直是个陌生人！"每次去宜家，你都会听到这样的对话。我不是要给你上课，不过有一个真知灼见要分享给你——古今中外，没有任何人在宜家吵架是因为宜家本身的。大家可以不承认这一点，但是相信我，当一对结婚十年的夫妇在宜家的书柜区开战的时候，他们吵架的原因绝对跟他们面前的那个柜子半毛钱关系都没有。

你是巴克曼家的人。不管你爱上的女人有多少缺点，我敢保证你的缺点一定比她多。所以不要找一个爱你优点的姑娘，找一个能够包容你缺点的姑娘吧。当你牵着她的手在宜家的贮藏区闲逛的时候，请记住，选哪种柜子真的没那么重要。重要的是，那姑娘愿意把自己的乱七八糟和你的垃圾搬到一起去。毕竟你的垃圾可不少。

2008年5月,我去过斯德哥尔摩郊外的一家宜家商场。那个周末热到爆炸,商场里的空调坏了。曼联足球队那天在欧冠封王,我却错过了他们的决赛。宜家的餐厅里只剩下白水,其他全都被喝光了。一个闻起来像是廉价烟草的老太太用购物车怼向我的小腿。我怀里抱着一个我这辈子见过最丑的玄关灯。

但那是我人生中最快乐的一天。

因为第二天早上,我和你妈妈签下了公寓租约,正式住到了一起。那间公寓就是你的第一个家。总有人问我,遇到你妈妈之前我的生活是怎样的,而我的回答是,遇到她之前我没有生活。

我对你的祝福是,比我更幸福。

哪怕这意味着某个星期六早晨,一个十九岁的白痴小家伙穿着阿森纳队服,带着一身酒味的朋友按响我家门铃,来取我心爱的棕色皮沙发,嘴里还念叨着"酷毙了"这种老掉牙的词。即便这样也值得。

有时候你会讨厌宜家。真的。你会在安装电视柜的时候因为找不到某个螺丝钉并且被廉价三合板划伤手而发飙,发誓要把那个画说明书的家伙找出来干掉。

有时候你又会爱上这里。

你妈刚怀孕那会儿，我陪她来逛宜家，一边溜达一边想象着你会是什么样子（结果那天曼联击败曼城的比赛我也没看上）。你出生后不久，我们推着儿童车来过，一边溜达一边想象着你长大后会是什么样子。我偶尔也会想象未来的某天，我和你妈来这里为孙辈选购礼品会是什么样子（确定的是我会再一次错过曼联的比赛）。总有一天我会发现，就在一眨眼的工夫，你已经长大成人了。

然后，我报仇的时候就到啦，哈哈哈。

我会在周日凌晨五点半把你叫醒，向你的Xbox游戏机吐口水，然后把你拽到宜家。我会告诉你充满智慧的人生建议，你会翻白眼，然后我们为了怎么把那些该死的箱子塞进后备厢吵得不可开交。（你的方法一定是错的！）

我们人生中最最美妙的回忆都会在宜家发生。

所以尽情玩耍，尽情学习，尽情长大。找到热爱的事，找到值得爱的人，然后为了他们全力以赴。在需要的时候释放善意，在必要的时候展现强硬。和朋友们在一起。以及，不要沿着箭头相反的方向走。做到这些就可以了。

不过现在我只想问你一个问题。告诉我实话，你在海洋球池里尿尿了，对不对？

厉害，你可真厉害。

我知道你妈肯定说不行

但说真的,她还以为"圣地亚哥·伯纳乌[1]"是红酒的名字呢。

你可不能全听她的。

---

1. 圣地亚哥·伯纳乌球场,是西班牙皇家马德里足球俱乐部的主场。

油炸士力架冰激凌食谱
（总有一天你会为此感谢我的）

配料：

面粉、

水、

啤酒、

发酵粉、

一口锅、

小块面包

足够多的油（多到卫生部认为你是人类健康的天敌）

足够多的士力架冰激凌（多到你拿不动为止）

别人家厨房（如果你用咱家厨房还被你妈发现了，请启动证人保护计划）

步骤：

　　把士力架冰激凌从包装里取出，装到盘子里丢进冰箱。大概冻上六七局"足球经理人"游戏的时间就行。把士力架从冰箱里拿出来的时候，它们应该已经冻得像基努·里维斯的表演一样僵硬了（除了第一部《黑客帝国》和第三部中的某些镜头）。

混合等量面粉和水，加一汤匙发酵粉。把油加热到咕嘟咕嘟冒泡，就像"飞侠哥顿"去找那个姑娘时山洞里沸腾的岩浆一样。

取出士力架冰激凌，沾一点面糊，丢到油锅里炸15~20秒。等它们看上去好吃得不得了的时候，盛出冰激凌，立即丢到嘴里。

（如果是我做的话，我还会加上糖浆、巧克力酱和本杰瑞牌纽约超级乳脂软糖冰激凌。不过如果你觉得这样不健康，想吃点新鲜的，可以来点香蕉之类的水果。加香蕉那就更简单啦，连油都不用换，直接把香蕉丢进去炸一遍就好。）

这则信息五秒钟之内会自行销毁。

婴儿的掌声都是反讽

是的,我注意到你已经学会鼓掌了。

不要误会啊,我觉得这很可爱也很好。儿童心理学家说鼓掌这个动作与协调能力和创造能力有关,是小宝宝表达自我的一种方式。真是太棒了。

但是我说,你鼓掌的时候能不能稍微带点激情啊?你现在鼓掌的时候慢得像树懒,简直让我觉得是一种讽刺……明白我的意思吗?

当然啦,我一开始还天真地想利用这一点来着,我想所有正常的父母都会这样做吧。我会假装正在高尔夫锦标赛上挥杆,而你是欣赏比赛的观众。我在厨房里凝视着遥远的地平线,做出挥杆的动作。路过你的学步车时,我认真地理理帽子,嘴里认真地咕哝着:"好,现在我只要把球打到左边的沙坑内,就可以两杆上果岭啦!"

但此时此刻,我简直不知道该怎么形容。你鼓掌的时机如此恰到好处，除了讽刺，我想不到别的解释。

再比如我喂你的时候，为了让吃饭这件事更有趣一点，我假装勺子是一架飞机，轰隆隆地向你飞来。勺子到你嘴里的那一刻，你怀疑地瞥了我一眼，表情复杂地咽下了食物——每次我假装弹吉他的时候你妈就是这个表情。然后你又开始鼓掌了。

低沉而缓慢的三四下掌声。不带一丝感情。

我当时的感觉就像是你在对我说："嘿，白痴，你找到了我的嘴巴，真是太聪明了。来，咱们瞅瞅你还能再找准一次不？"

老实说，这对我的自信心造成了毁灭性打击。

我还是搞不懂啊

每次你妈给你做完早餐,厨房就像是洁具广告里那么干净。可每次我给你做完早餐,厨房就像是《饥饿游戏》里所有人都挂了的那个场景一样。这不科学啊……其中肯定有什么你们都不告诉我的小伎俩,哼。

关于 足球

我不是说你必须要踢足球不可。我可不会像其他爸爸那样，把压力全放在孩子身上，自己站在球场边线上喊得脸红脖子粗。

我想说的是，如果你喜欢踢足球的话，事情就好办多啦。你周围就不会有人整天在你耳边絮絮叨叨了。仅此而已。

我可以看出来你现在对足球还不是很感冒。你好像更喜欢跳舞。前一秒钟你还在生我的气，觉得我把球抛给你的时候拿你当靶子（我可没有），但当你妈一打开音响，你就瞬间像一只打了兴奋剂的橡皮小熊糖一样在客厅里跳来跳去。

我不是说这有什么问题啊，你想跳舞当然就该跳舞啦。

我只想提醒你一下，如果小男孩踢足球的话，生活会简单许多。我担心不同的选择会影响整个人生。

听着，你不用非踢球不可，好吗？哪怕你只喜欢看足球比赛也行啊。我只是希望你合群，成为集体的一员。

跳舞还有其他那些乱七八糟的爱好没什么不好,我只是不希望你觉得自己格格不入。没人喜欢被边缘化的那种感觉。我可不是在吓唬你啊,我只是太爱你了。

合群的感觉很重要,别当个局外人。

你看,我爱足球。足球是我的百分百真爱。它带给我的快乐是我一辈子都无以为报的。所以我希望你有机会体验这种感觉。我希望你体验足球的一切,它的现在、过去和未来,它给你的生活带来的改变,和为你打开的新世界。

我希望你能体验找到"你的球队"的那个美妙瞬间。你会爱上一支球队,融入、坚持,为它摇旗呐喊。可能是因为它的荣誉,也可能是为了它的叛逆精神;可能是因为它和你同在一座城市,也可能因为它的渊远历史;可能是因为一个名字很帅的后卫,也可能是出于某种意想不到的纯粹感情——那支球队的球衣最酷炫。

而这件球衣将会伴随你的一生,比许多人陪伴在你身边的时光还要长。它会成为你的超能力。无论你处于怎样的人生阶段,每周总有90分钟,这件神奇的球衣会带你忘记周遭不愉快的一切。你遇到的许多人大概毕生都无法理解这种体验,但你会发现,这是人们最渴望的超能力。

我可没说跳舞有什么错啊。如果你喜欢跳舞、骑马、花样游泳那些乱七八糟的,那就随你去吧。我可不是那种老顽固。你要是喜欢那些东西不喜欢足球,我就不发表意见了。

你可能根本就不喜欢运动,而是喜欢高尔夫之类的。那也行呗!

我可对高尔夫没有任何偏见。

我只是担心你不合群而已嘛。

所以我想借此机会解释一下足球给了我什么。

你以为我带你去看场比赛,解释一下规则和战术就行了吗?可没有那么简单!就拿热狗摊这件事来说吧,买热狗不用排队的秘籍是:不要在中场休息前五分钟去排队,而是在中场休息最后五分钟去,那个时候其他的蠢货已经开始往自己座位上走了。(还有就是一定要让卖热狗的人把炸洋葱铺在面包最底层,离番茄酱越远越好,这样你就不会在球队进球的时候让整个座位区血迹斑驳了。经验之谈。)

我从足球中学到的还有很多。比如我给你讲的那些以弱胜强的故事;比如胜不骄败不馁;比如着眼于下一次比赛;比如周日是一周的终点、周一是全新的开始;比如我们总有下一次机会做得更好。

比如无论环境如何、际遇如何,每次比赛的起点永远是公平的——从零开始。

等你长大以后,人们会问你第一次真爱是什么时候。对我来说,我的第一次真爱,就是找到"我的球队"。但也许你无法爱上足球。在你眼中，足球大概意味着二十二个发胶硬邦邦、文身花里胡哨的百万富翁在草地上疯跑，动不动就像中弹了似的扑倒在地……可能这些让我着魔的事情对你完全没有吸引力。

你可能会痛恨足球。行吧，我懂了。

我希望你知道，即便这样，我也不会少爱你一分，或者以你为耻。你是我的孩子。你出生的那一刻，就像是肺中突然充满了空气，血液突然沸腾。我人生的前二十五年，生活里只有我自己。有一天，你妈妈出现在我的生命中，然后是你。现在我一晚上醒好几次，确保你们俩还在喘气，我才能安心回去睡觉。你能明白吗？当你爸之前如果我天天这么干，估计早就被关进精神病院整天听舒缓音乐了。

我不怕告诉你"我爱你"。但其他的事儿让我觉得有点害怕。

我怕你不踢足球的话别人会说闲话，羞辱你，给你起外号，不带你玩。

我的意思是，如果你会选择帆船、芭蕾、撑竿跳、花样滑冰那些的，我是没什么问题啦。你老爸一定会说到做到的，绝不口是心非。不管别人怎么说，只要是能让你高兴的事，我都支持。我只想多提醒你一句，不选足球的话，其他那些人可能会对你有偏见哦。

你不用非喜欢足球不可。下棋唱歌任你选。如果你想像奥林匹克选手那样，跟着泰坦尼克号的主题曲在体操馆里的大垫子上到处乱跑，手里挥着两根棍，棍子上还捆着两根那种用来包礼物的彩带，我也会来看你每次训练课的。

我只是担心我会看不懂你热爱的事业。我不想格格不入地坐在其他家长中间，让其他孩子对我摇头，让你蒙羞失望。

足球嘛我就很懂啦！其他的我不敢说，但足球我可太懂了！我对艺术、时尚、文学、编程、建屋顶或者换机油那些基本一窍不通，对音乐也不太了解。

我一直不擅长谈论感受。但我知道所有的孩子总有一天会突然意识到，爸爸们并不是超级英雄。我不傻，我只是希望那一天来得晚一些，再晚一些。我希望我们至少能够在每个周日下午，分享一些只属于咱们两个人的事情，一些我擅长的事情。我不怕告诉你"我爱你"，但其他的事儿让我觉得有点害怕。

害怕我终有一天会在你的生活中失去位置。

你不用非得喜欢足球。

我只想让你知道，如果你不喜欢足球的话，会发生怎样可怕的事——被遗忘、被忽视、尴尬、孤独。

我是说我自己。

混沌理论

我：你听过那句谚语吗，"我觉得我不像他爸，像他的跟屁虫"？
我老婆：这不是一句谚语。
我：那它就应该成为谚语，提醒后来人！

一场灾难

（和刚休完陪产假回来的好友之间的对话）

我：在家陪孩子感觉如何？

他（神经质地扯着胡子，条件反射似的不时回头看看，心不在焉地嘟囔着）：呃……绝对好……特别好……简直是人生中最好的事……

我：你和孩子之间应该已经建立了亲密关系吧，比如说……

他（突然生气地指着我的咖啡杯）：搞啥呢，你非得把它放在那儿吗？

我：什么？

他（怒气冲冲地指着杯子）：你非得把那个杯子放那儿吗？它可能会打翻烫到别人！

我（往桌子底下看看）：烫到谁啊？这下面又没人……

他（瞪大眼睛）：我不是说现在，现在是没有！但只要一秒钟，他们就会突然出现，那些混蛋！

（一片沉默）

他（强迫症似的敲着桌子，盯着天花板）：你们现在还笑得出来，但等着瞧吧。一旦你陷进去了，就再也无法脱身，没人可以依靠。我告诉你，你会多疑、焦虑，你以为你知道他们在哪儿，一切尽在掌控，但他们一点儿声音都没有，就像蛇一样静悄悄地移动……

（一片沉默）

一位没孩子的朋友（紧张地看着我）：你刚才说他去休假了？他到底是陪孩子还是上战场了？

寻找能量源

我：那这个呢？它到底是安在哪儿的？

朋友J：这儿吧，对不对？

我：没错没错，一定是。把它安上吧。

朋友J：安不上啊。

我：你使点儿劲行不行！

朋友J：告诉你了安不上！

我：我真是搞不懂，一个吃饭用的婴儿椅怎么会这么难装！

朋友J：还号称是"便携式"呢，他们脑子是不是进水了？

我：现在呢？另外一边怎么样了？

朋友J：我不知道……那边那玩意儿凸出来一块，好像不太对劲？

我：肯定不对啊！你负责把它弄好！

朋友J：怎么感觉整个都安反了……

我：这说明书写的像屎一样。盒子上面写没写什么有用的？

朋友J：写了。

我：写啥了？

朋友J："易于安装。"

（沉默。两个人都在研究面前这个看起来完全不像婴儿椅的东西到底应该怎么拆。）

朋友J：咱俩要是变形金刚，肯定变不了形。

向你简单介绍一下父母的婚姻历程

男孩遇见女孩。女孩遇见鞋子。鞋子遇见更多鞋子。男孩清空地下室。鞋子装满地下室。男孩清空衣柜。鞋子装满衣柜。女孩走进次卧,走出来的时候次卧变成了衣帽间。男孩和女孩有了个宝宝。女孩遇见婴儿鞋。男孩换了辆"务实"的车。女孩走进商场。男孩坚决表明立场——女孩在扔掉旧鞋之前禁止再买新鞋。

于是女孩把男孩的旧鞋全扔了。

好的,老婆。行吧,老婆。
这也会童年创伤,那也会童年创伤。

    我在动物饼干的包装盒上画了一幅小小的肉牛解剖图。紧接着我就听到你妈连名带姓地大吼我的名字。

    这有点过了吧?

关于 商品

昨天晚上不知道谁用钥匙把咱家车划了长长的一道。不过别担心，没事。

我不会因为这事生气。

无缘无故被划车当然是"躺着中枪"，但是那个陌生人一定有他的原因。比如一天都过得不顺，和女朋友分手了，是热刺队的球迷之类的。我们应该同情他们，不应该批判他们。

毕竟这只是辆车而已。它只是个物件，是个商品。

要知道，一生之中我们会拥有无数东西，所以不要太依赖任何一个物品。这不健康。因为商品无穷尽啊。在你出生之前，一个名叫乔治·卡林[1]的绝顶聪明的男人让我学到了这一点。你也很快会意识到的——商品无穷尽！

小的、大的、好的、坏的……还有那种叫"机器"的

---

1. 乔治·卡林：美国脱口秀演员。

东西,它的唯一目的是制造出更多商品。有些商品无法独立存活,它们只是其他商品的一部分。如果你在商店里拿着这类东西去结账,那个散发着宿醉和泡芙味道的年轻店员就会居高临下地看着你,问你有没有"用这个东西的其他东西"?如果你问他"啥东西",他就会把头摇得像拨浪鼓一样,发出一声冷笑:"配件!没有配件,这东西简直不是个东西!这只是个玩意儿!"

他说"玩意儿"的语气就像你外婆说难听的脏话一样,简直就像吐痰。于是你想当然地以为他很懂这玩意儿,拜托他把配件拿来一看。这时他就会夸张地叹一口气,问你干吗不早说,现在他还要去库房翻箱倒柜,看他们还有没有库存。这时候你觉得他是在故意找碴,但还是没有跟他当面对峙。

人们喜欢商品,新商品,更新的商品。新商品替代旧商品,旧商品替代更旧的商品,更旧的商品变成怀旧复古潮流,又取代了新商品……一句话总结:真是瞎折腾。

有时候我们淘汰旧商品来给新玩意儿腾地方,但很快我们又会怀念那些老伙计,模仿旧的造些更新的来自欺欺人。举个例子,健身房跑步机的小屏幕上总在播放森林的视频,让我们以为正在森林里跑步。我知道你想说:"那干吗不直接去森林里跑步呢?"你这么想我一点儿都不觉得奇怪，毕竟你不了解情况。你看，为了让大家能开车来健身房锻炼，我们把森林全砍了，建起了高速公路。我打包票你会接着问："干吗非要砍树啊？"不然我们怎么办呢？树挡住了高速公路啊！

解释起来真是太复杂了。

所以请允许我再次重申——我对划车那家伙一点都不生气。反正车只是个商品而已。

商品不能比人还重要。所以，为了你，我把我所有好东西都扔了，好为你的东西腾地方。因为你更重要嘛。老天爷，你怎么需要那么多东西啊！所有家有小宝宝的父母一见面就会互相抱怨："这些孩子东西太多了！"就好像这全是你们这些孩子的错，是你们在大买特买似的。其实我才是那个站在商场里盯着60美金的黑色橡胶制品心想"我要不买这破玩意儿，我就不是个好父亲"的人。

当时商场里那个老兄咧嘴一笑，使劲拍着我的后背说："孩子们的安全是无法用价签来衡量的，你说对不对？"我没有笑，因为价签上写得明明白白啊——60美金！白纸黑字！然后我就买了那价值60美金的破玩意儿，同时说服自己这是为人父母的责任。

你都不知道这世界上有多少专门卖给孩子的破玩意儿。我们买过的最垃圾的东西是你出生之前买的一只玩具羊，那只羊会模拟鲸鱼唱歌的声音,据说能帮你睡得更踏实。可是为什么不把这只羊直接设计成鲸鱼的形状呢?谁能回答我到底是为什么?这个问题到现在都在困扰我!

　　垃圾商品,到处都是垃圾商品。大多数垃圾一点儿用都没有,简直狗屁不如。而一旦你有了孩子,一切垃圾商品都变得不可或缺了。你需要为已经拥有的那些破玩意儿再买一大堆其他破玩意儿。你有车,就要买车载座椅;你有餐桌,就要买婴儿高脚椅;你有浴室,就要买浴盆浴帽橡皮鸭……更别提拉粑粑需要的那堆乱七八糟的东西了。你出生后,有一天我从商场回家,刚进家门你妈就在吼:"买尿布了吗?"我吼回去:"当然买了!"你妈把尿布从购物袋里拿出来,一脸怀疑地研究着包装上的字,又吼道:"你买了6—9个月宝宝用的尿布?"我不服气:"那咋了,反正只是一个参考数字!"你妈说:"可是他才九天大!"我说:"你以为我不知道吗?"你妈说:"你显然不知道!"你妈又翻了翻购物袋里的东西:"这些湿纸巾是含香精的!"我说:"不含!"她说:"肯定含!"我坚持说:"不可能!"她说:"包装上写着'芳香型'呢!"我说:"卖东西的只是想让你这么觉得!"她又从袋子里拎出一个东西:"这是什么鬼?"我说:"我觉得这是罩在炭火烤架上的防雨罩。"你妈说:"你买个防雨罩究竟是要……"

我大吼："因为我有病！！！行了吗！！！"你妈说："那行吧……"然后翻了个白眼。我说："你愿意翻白眼就随便你！你根本就不知道外面啥样！超市里有500种该死的尿布！婴儿用品区简直比机场还大！我想找到你说的那种，但实在是太多了！那么那么那么那么那么那么多尿布！含香精的，不含香精的，有维尼熊的，没有维尼熊的，尼龙搭扣的，弹力的，裤型的，不像裤型的，抗过敏的，附赠电脑游戏的，免费送飞行里程的……去他妈的吧！"你妈说："冷静点儿，巴克曼！"我说："你冷静点儿！！"你妈说："你干吗生这么大气啊？"我说："因为别的爸爸来了！他们完全知道自己需要什么，哪哪哪，嘭嘭嘭，直指目标，拿了就放到购物筐里，而我像个小丑一样站在那儿，感觉所有人都在盯着我看……所以我终于拿了个东西扔到筐里了！"

你妈完全不懂这种感觉。她坐在家里像领导一样发号施令，但上战场的可是我啊！在丛林战里，我只有几秒钟做出正确决定！

紧接着我就淹没在狗屁玩意儿的海洋中。我以为自己会成为最酷的年轻爸爸，永远云淡风轻，从不情绪失控。结果我站在婴儿食品货架前，看着七种不同的代乳食品，只想一屁股坐在地上哭号。

所以你懂的，我生气不是因为有人划了我的车，不是打电话给保险公司办理赔，不是在重漆之前一个礼拜没车开。

我生气的是，给孩子买的这一大堆破烂中有一大半都没法直接用，连半成品都不是。你得组装，又拧又钻又涂胶水，把走廊搞得一团糟，像老太太的旧房子一样地上扔着成堆废报纸和其他破烂。

现在我的每个周末都过得像迪士尼动画片《万能阿曼》真人版一样，而每一集的最终结局都是修理工发疯骂脏话，威胁"把那些写说明书的人找出来胖揍一顿"！

所以我对划车的人一点儿也不生气。

哪怕这位先生用保险理赔员所说的"钥匙状可疑物"划过了整个车后部、后车门和前车门，我也不生气。

填一堆保险理赔表我也不生气。

整件事前前后后没有在我心中引发任何怒气。

只有一个很小很小很小的细节我希望让那位划车的先生知道。那就是我今天再次花了整整一个小时的时间重新把儿童安全座椅安装到临时租来的车上。为此我一定会把那个划车的人揪出来，千刀万剐！

不过除此之外：我没生气。

在为人父母之前，我们想当然地以为所有父母都是超级英雄。养孩子这件事听起来很难，但我们天真地寄希望于大自然的神秘力量帮忙解决这个问题。比如我被辐射变异的助产士咬了一口，或者遭遇了神秘事故，在某个军事医院醒来后发现拥有了无坚不摧的钢铁骨架，一切问题都迎刃而解。

但事实并非如此。迄今为止我见到的唯一一个超能力就是你妈在怀孕期间嗅觉突然异于常人。实话跟你说，这真是全宇宙最没用的超能力。从那以后我在家再也没有烤过培根——你妈不允许。

所以实际情况就是，没有超能力的我们带着新生儿从医院回到家，整个人都吓坏了，觉得自己被世界抛弃了。看着医院的人把你从产科病房推出来，感觉就像是他们把我一个人丢在沙漠里等死。看没看过《我是传奇》电影结尾的时候，他们拒绝开门让幸存者进去，眼睁睁地看着僵尸追上来？就那感觉。

我们回到家，坐下来看着熟睡的孩子，心里琢磨着接下来谁应该对这个状况负责。肯定不能是我们俩吧？如果有人事先给我们做一个父母测试，那结果就一目了然了。我喝果汁从来不用吸管，你妈看完DVD从来不把光盘放回盒子里，我们对这事一窍不通啊！《模拟人生2》面市的时候我就不玩了，因为哪怕在游戏里我也不想承担那么多责任。我很确定自己不是当父亲的料。

那接下来怎么办呢？

恐慌。不停地买东西。只能这么办。

不停地买符合人体工程学和解剖学的、有机的、教育理念正确的东西。我们一听到别人说"你需要这个"！就会立刻想"是啊，我们真的需要，听上去真的很实用"！哄睡玩具、额温枪、磨牙胶、看上去像鼻涕虫的便盆、一戳屁股就演奏莫扎特的塑料乌龟……这种感觉就像是半夜三更醉醺醺地看购物频道，坚信人生缺了那个把洋葱切成星星形状的厨具就会不完整，或者像是在泰国待了两个礼拜之后觉得一头脏辫儿的自己帅呆了。

所以我们就把那些破烂玩意儿全买了。紧接着我们买了更多破烂玩意儿。手机、摄像机、电脑……这样就能二十四小时记录下来孩子使用其他破烂玩意儿的样子了，就好像孩子是科学实验对象似的。带前置摄像头的iPhone4对咱们两代人之间的互动产生了革命性的影响——我可不是在夸张。咱俩可以坐在一起，一起出现在屏幕上，而不是我一直追在你屁股后面狂跑……自拍出现之前的世界太可怕了。

这就是我现在的生活。

我已经成了那种坚信自己孩子是天才的家长。看到你把音响音量调大，我觉得你是绝世神童。一岁半的你解锁了我斥700美元重金买的iPad，我立刻打电话给门萨高智商俱乐部要求加入。接电话的女士没有说话,但是从她粗重的呼吸声中我意识到她想要咆哮:"键盘锁而已!又不是治愈前列腺癌的基因密码!只是个该死的键盘锁!你有没有想过,你孩子不一定是天才,但你绝对是个蠢货!"

她当然没有直接说这些话,但她绝对是这么想的。

也就是在这种时候,我意识到我们可能给了你太多商品,给了你错误的信号和错误的价值观,成了一个坏榜样。

好吧,我收回刚才的话。我不会真的杀了那个划车的人。我又没疯,只是随便说说而已。

反正那只是辆车。

我会理智地解决这件事,找到那家伙,和他进行一场成年人的对话,礼貌地表达我对他所作所为的不赞同。顶多是趁那人不在家的时候闯进他的公寓,对他所有的空手道奖杯做点不可言说的事。

就像成年人那样。只是商品而已嘛,无足轻重。等等,现在我们面对的事情是……就在我写下这行字的时候,我才意识到我去取车的时候得把租的车还回去。

然后我又要把那个该死的安全座椅装回咱家车上。

等等。

好吧。

我还是会杀人的!

幼儿园第一天

我不是要对你挑三拣四哦。绝对不是。

我不想让你在交朋友这件事上有压力。绝不会要求你和哪些孩子交朋友。

我想说的只是,在家长会上,老师解释,在孩子第一天融入幼儿园的过程中,他们会要求家长们去另一个房间等待。

有一位家长立刻问:"哪个房间?"随后,在参观幼儿园的整个过程中,这位家长都在那个指定的房间周围走来走去,手中举着 iPhone,寻找 4G 信号最好的地方。

我不是要给你压力啊,不过,我觉得那位家长和我应该会臭味相投。好,我说完了。

你什么都没说，
但你的眼神透露了一切

现在你已经十二周了。

我早上五点就起床，抱起你走进客厅，过程中先是脚趾头撞到门框，紧接着头又撞到一盏灯。

我抱着你走进洗手间，门狠狠地磕到膝盖。我把你放到尿布台上，弄掉了一摞毛巾。我弯腰去捡毛巾，同时还要一手扶着尿布台上的你，结果戳到了你的眼睛。你生气了。我起身的时候头撞到尿布台下沿。我摸索着拧开水龙头，把两瓶香水打翻在洗手池里，其中一瓶摔碎了。你的裤子不小心掉到地上。我一手扶着你，一手绕过池子里的碎玻璃打湿毛巾，小心翼翼地注意不打翻浴室柜里其他乱七八糟的东西，同时像猴子一样努力用脚趾头把裤子从地上夹起来。当我终于搞定一切，让你重新穿上裤子之后，我发现我忘了给你穿尿布。我把你的裤子脱下来，穿上尿布，打翻了一筐瓶瓶罐罐。我用脚趾头把小一点的瓶瓶罐罐一个个捡起来，结果不小心戳到了你的小鼻子。你又生气了。

等我终于搞定你，关上水龙头，清理干净池子里的碎玻璃和地上的瓶子，把你扛回小床上的时候，我发现我把你的尿布穿反了。除此之外，你还光着屁股没穿裤子。

你静静地躺在小床上，若有所思地盯着我看。我们的目光汇集到一起。

你知道吗，有些父母笃定地知道孩子将学会的第一句话。

就在你望着我的那一刻，我知道你想要开口说的那句话："你真是弱爆了。再见。"

如何判断你的恶作剧合不合时宜

假设咱俩在超市遇到了我的一个朋友,他孩子和你年纪差不多。他的女朋友正在海鲜柜台那边买鱼,于是我和朋友想到了一个超搞笑的主意——趁他女朋友不注意的时候,我们把婴儿车里的孩子互相交换,想看看她多久会发现女儿被调包了。想想就超搞笑对不对?

我对这个主意有点兴奋过头,于是推着婴儿车在超市里狂奔,想找个地方藏起来。

我朋友的女朋友不认识我。五秒钟之后,她在海鲜柜台那边回过头,映入眼帘的第一幕并不是他男朋友站在婴儿车旁边傻笑,而是一个戴棒球帽的陌生胖子沿着乳制品货架狂奔,婴儿车里坐着她一岁的女儿。

如果是这样的话,那可能这种玩笑在理论上比实际中更有趣一些。当然,以上只是我的假设而已,如有雷同,纯属巧合。

讲话的分寸

当朋友们来家里告诉我们另一半怀孕了的时候,我会为他们感到由衷的喜悦。我和没怀孕的这一半击掌庆祝,再给他倒杯酒。在特定情况下,哪怕我拍着他的肩膀戏谑一句"你个老不正经的",也是大家能够接受的。

适当说一说怀孕前几个月女性有多辛苦也没问题。哪怕开玩笑说你妈前十二周干的唯一一件事就是躺在床上睡觉,大家也喜闻乐见。

哪怕你兴高采烈地说出大实话,比如"那十二周简直是我打游戏最爽的一段日子",也不是不行。

这些都可以。唯一不合适的是把那几周总结为"孕期最棒的时候"。记住这一点非常重要,简直是性命攸关。

生命的标记

很多父亲都想过用文身庆祝新生儿的到来。比如孩子的肖像、出生日期这类。

我也想过。但我希望文身图案更有象征意义,能够高度概括咱俩之间的父子关系。此时此刻,我觉得这个文身图案应该是你吐在我肩膀上的那一大口奶。

关于男子气概

人们说教儿子当个男子汉是做爸爸的责任。但我自己都没搞明白呢。人们还说大部分男人早晚都会变成自己爸爸那样，我希望这不是真的。

你爷爷那辈人和我不一样，他们是另一种男人，更骄傲，更强悍，还有各种各样的技能。比如他们只要抬脚一踹，就能判断出轮胎和台阶的质量如何。随便给他们一件家电，不管是什么，他们只要在手里掂三秒，就立刻知道值不值那个价钱。（然后说你每次都花冤枉钱。）

从20世纪70年代开始，他们在辩论中就从来没输过。（再早些日子，也不能说他们输了，他们只是承认其他人在特定时刻或许也有那么一丁点儿道理。）

他们永远不会停下来找路，永远不会请别人帮忙。他们不会为钱发生争执，只会为原则发生争执。他们永远无法理解为什么要花钱雇人做你自己会做的事。（而他们的儿子们则永远无法理解，如果能付钱找人做，为什么非要自找麻烦干那些屁事。两代人之间的冲突就是这么开始的……）他们是另一个物种——真正的男人。他们知道延长电缆的方法。如果半夜被你叫醒问今天的贷款利息，他们能准确无误地报出数字——精确到小数点后两位。不管你买了什么，他们都会用失望的眼神无声地谴责你，问你这玩意儿花了多少钱。就算你把实际价格打个八折告诉他们，他们照样会说什么："30美元？！真是专坑傻子啊！我知道有个地方这东西只卖……"

每次去他们家，他们都会逼你详细说明你走的是哪条路。只要你承认这次依旧没走他们的"捷径"——因为你没信心在铁轨上开车，并且发誓那些山洞里肯定有蝙蝠——他们就会用《勇敢的心》结局里华莱士看叛徒的眼光看着你。

他们就是这种男人。

天刚亮，他们赤手空拳地走到空荡荡的草坪上。回来的时候，草坪上就已经立起了一座崭新的门廊。我的意思是……什么？！我用自己的双手完成的唯一一件事就是《侠盗猎车4》游戏通关（而且我还用了作弊器）。

谷歌还不存在的时候，你爷爷那辈人就已经自己徒手建房子了。你明白这意味着什么吗？他们根本就不是人！他们简直是长着胡子的瑞士军刀！他们骄傲、强悍，有时候会说些不合时宜的话。他们当父亲那会儿男人还没有超长陪产假，他们也搞不太懂那些不能用脚踹也不能用手掂的东西。但他们用自己的双手养家糊口，自力更生。他们能算清复杂的税表，会修微波炉，徒手支帐篷，自己给福特汽车换机油。在这种男人面前，大自然俯首称臣。他们在鸟不拉屎的荒原上开天辟地，而且活下来了。想想吧，那个时代可没有Wi-Fi。他们的童年简直就是《幸存者》真人秀。

真见鬼。

你知道徒手打开啤酒瓶盖的那个小技巧吗？不瞒你说，我直到十几岁，都一直相信这个技巧是我老爸发明的。当我看到其他人的爸爸使用这招的时候，我的第一个念头不是"天哪，原来这招不是我爸想出来的"！而是"靠！他们也学会了"！

我不知道这件事会让你更了解你爷爷，还是更了解我。

但是从某一刻起，我不再仰视他了。从某一刻起，我们这一代开始无视他们那一代。这年头我们有专业技能，有健身年卡，有设计师打理胡须造型，有Facebook更新状态。但是我们不知道怎么铺木地板，不知道发动机的同步带连着哪儿，也不知道怎么赤手空拳建起一座门廊。

老实说，我们搞砸了。进化的目的本应是让每一代比上一代更聪明、更强壮、更敏捷。的确，我们这代人擅长很多事，现代的事。只要是跟触屏有关的事，任何一个三十岁的人都能完胜六十岁的人，用屁股想想都知道，组队打《超级马里奥赛车》的话，我们也一定能把他们打得屁滚尿流。

可要是到了世界末日呢？假设第三次世界大战爆发，核武器摧毁了整个世界，仅存的人类从地下防御基地里探出头，只看到荒无人烟的严酷废墟。幸存者们决定找到他们之中最聪明、最强悍、最有能力的人领导人类的重建。那完了，没人会来找我们这一代人。

呃，这么说也不太公平。他们当然会来找我们。

找我们是为了问，你爸在哪儿呢？

不是因为我们这代人的能力在那种境况中完全用不上，我可不是这个意思。我是说，等爸爸们修好了供电设施，我们才有用武之地嘛。

我想让你明白，讲清楚男人意味着什么不是件容易的事。我会尽力的。我会向你介绍这个拥有先进科学技术、全球信息网络、民主革命和医学进步的奇妙世界，但只有我的上一代才能告诉你我们是如何走到今天的。

在你眼中，祖父倾注在你身上的深厚情感是理所应当的。他们笑着在你耳边说"我爱你"的时候，你完全不觉得这有什么奇怪。你不知道的是，这三个字是你教会他们的。从你来到这个世界上的那一刻起,他们变了。

或许因为你祖父那一代人在养育我们的过程中犯过一些错误,所以他们现在才会矫枉过正,在你们这一代身上弥补。

教你"男人意味着什么"可不是一件容易的事。每一代人对男子气概的定义不同。

和其他成年人探讨这个命题几乎是不可能的。这个社会总在强调我们不应当对两性区别对待,于是我们花了大量不必要的时间来定义究竟什么是两性之间的差异。这类讨论真是让人困惑。我说"令人困惑"并不是指类似于7-11便利店的所有东西又挪位了造成的那种困惑(他们已经不是第一次这么干了!)我指的困惑就好比《迷失》的第一集里北极熊出现的那个场面,所有人的反应都是:"什么鬼?那真的是北极熊吗?!"(我知道你没看过《迷失》。反正我的意思就是这太奇怪了!)

我每天都在学习"不平等"这个词的真正含义。我是受过高等教育的西欧白人异性恋男性,并且有工作,听上去把所有好处都占全了。世界上每个人对于"不平等"这个词的亲身体会都比我多得多。但我在努力去了解。我希望你比我懂得更多。

我希望你懂得,"公正"是值得追寻的。永远不要把

"追求平等"这件事错误地理解为两性之间的硝烟战争。我希望你懂得,女性值得拥有和男性同等的权利、自由和机遇。我希望你懂得,大部分人想要的并不是被特殊对待,也不是人人均等,而是得到公平。我希望你能够比我更早明白这些道理。不要因为女性享有和你一样的机会,你就不为她们开门。有些人觉得追求平等和举止绅士自相矛盾,这时候你祖母会告诉你,这种想法是瞎扯淡。你祖父那一代人有太多讲不完的丰功伟绩,但若不是祖母们把一切照料得井井有条,他们根本没有时间去了解世界。

至于我呢,我正在身体力行地教给你,面对彪悍的女人也不要退缩——我娶了我有生以来见过的最彪悍的女人。

社会一厢情愿地灌输给你,所有人格特质都可以简单粗暴地划分成"男性"和"女性"这两类。但我不这么觉得。举个例子,如果我和你妈打一架,我肯定会赢。因为这场架的性质并不是"大猩猩对战棕熊"而是"大猩猩对战小考拉",武力值悬殊。但如果我和你妈比赛竞走,不管多远她都会轻松取得胜利。而且她比我更有趣,更有亲和力,所有人都百分百地信任她。如果你妈带兵打仗的话,我能想到至少一百个人不问原因就愿意为她冲锋陷阵;而我呢,连Twitter上都没人关注我。

至于智商嘛,这就很难衡量了。一方面,所有人都知道你妈比我聪明得多；但另一方面，我成功地让一个聪明人嫁给了我。所以这一局我赢了，哈哈哈。

你已经发现了，搞砸事情之后能不能逃之夭夭完全取决于能不能逗笑你妈。这个技能一定要保持！这可是保命的方法，我能活到今天全是靠它。

而当你妈笑出声的那一刻，就是我觉得自己最男人的时刻。

所以说，我很难告诉你男人到底意味着什么。不同人对这件事的理解不一样。

我年轻的时候，人们在各种场合说"像男人那样站起来"。直到二十来岁，我才意识到真男人也可以坐下、闭嘴并倾听，并且在犯错的时候低头承认错误。你可别跟我学。看比赛的时候永远不要对运动员大吼"你踢得像个女人一样"！就好像女人意味着软弱似的。总有一天你会在你心爱的女人生育的时候紧握住她的手，面对她的伟大，心中充满从未有过的羞愧。语言的分寸很重要。希望你做得比我更好。

有人觉得男子气概和性别是一回事，别听他们的。如果你想知道"真男人"意味着什么，你可以问问加雷斯·托马斯先生。他在更衣室里向威尔士国家橄榄球队的队友们公开出柜。虽然我对怎么当个男子汉没那么了解，但我无比确定，在更衣室里的那一刻，没人比托马斯先生更男人了。

我希望你永远记得，你可以成为你想成为的任何人，但更重要的是做真实的自己。我不是个好榜样，希望你能亲自证明我有多蠢。

我没办法教你怎样成为一个男子汉。我等着你教我。这是社会进步的唯一方法。

他们说大部分男人早晚都会变成自己爸爸那样。我希望这不是真的。

因为我希望你能比我做得更好。

我希望你永远像现在这样，咯咯笑着跑向幼儿园门口接你的祖父祖母。我希望你永远像现在这样，让祖父祖母笑得墙都快塌了。对于祖父这样已经征服世界的男人，你唯一能给他的就是改变的机会。你就是他们的机会。每一天都是。

他们彪悍、骄傲，会有缺点，也会犯错。是他教给我怎样成为一个男子汉。而当你来到这个世界上之后，他们变了。

变成了更好的男人。

我们都变成了更好的男人。

插播一则给你妈的信息

对对对,咱们现在开始给儿子加辅食了,我应该重视。是是是,你告诉我加辅食的原则的时候我应该好好听,不应该走神。

但我才不管呢。我打开冰箱,看到十个小小的特百惠保鲜盒里装着自制土豆泥,我就是要吃掉它们!这是我的责任!人类的进化要求我吃掉它们!当然最重要的是,土豆泥是我的最爱!

我哪儿知道这是给儿子吃的啊?几个月前咱家还把外卖比萨算作"家庭自制晚餐",而现在你却在亲手做婴儿餐?你变了!难道你是魔法女佣吗?

别生气了,快让我进屋吧!外面太冷了!

只要事情搞得定，面子算什么呢

（注：你妈怀孕期间没法爬梯子，于是……）

朋友：我看到巴克曼把洗手间的灯修好了！

你妈：呃……其实不是巴克曼修的，我爸修的。

朋友：哦。好吧。

我：别这样看我！你知道，我有好多别的事儿要干呢！

朋友（清了清嗓子）：当然，当然。我只是觉得你让岳父跑过来修理东西是件大事。

（尴尬的沉默）

我：你说这话是啥意思？

朋友：不是，我的意思是，大部分男人不愿意承认他们自己连个灯都修不了……他们的自尊心会阻止他们打电话给岳父求救。很多男人甚至觉得这样做会显得他们很不男人。

我：这又是啥意思？

朋友：我就随便说说。

你妈：巴克曼从不担心他自己显得不像个男人。他已经连续三个晚上摸黑去上厕所了。

不管怎么做都错

那天我把婴儿车推进电梯，突然想起来我忘带东西了。我赶快跑回公寓去取。刚一进门，我就想起来："我去……等等……我刚才按电梯了吗？"就在那时，我听到楼梯间传来电梯门关上的声音。该死，你还坐在婴儿车里！

于是我飞奔下楼梯，有点恐慌但还是觉得"没事没事，我肯定比电梯跑得快"。结果就在我跑到一楼的时候，楼上某一层的邻居按了下行键。于是我眼睁睁地看着电梯门在我面前关上，又往上走了。

而我还呆站在原地。

我意识到此刻有两个选择：要么沿着楼梯往上跑，但很可能我还没追上电梯，邻居就坐电梯下到了一层。他们会发现一层一个人没有，打电话给社会救援机构把你领走。

要么我就站在这儿干等着。这样一来我不仅是个把孩子忘在电梯里的爸爸,还显得事不关己——
"没事,可能一会儿他就回来了。"

你还记得这件事吗?

我说,邻居在电梯里发现你的时候,你能不能不要摆出一副得意扬扬的表情啊?

关于
上帝和机场

这里就是机场啦,飞机们生活的地方。那边是行李传送带,很酷对不对?有了传送带,我们就不用自己把行李从飞机上拎下来了。我们在这儿优哉游哉地等着,行李自己就来找我们了,像《哈利·波特》里那样。

你一定在想此刻我们为什么会在这里,我跟你说这些干吗。

(拜托,行李箱自动来找我们了哎!简直就像行李箱跑步机一样!我小时候跟家人出去玩的时候,这种高科技是旅行中最让我兴奋的部分!而你呢,只是径直走过去,还对你爸翻了个白眼。行吧,毕竟我小时候还没有iPad之类的发明。再看到任何伟大的人类之光我都不会再来烦你了!)

但是吧……我是这么想的。毕竟我是你爸。当爹的意义就是向你解释这个世界是怎么一回事,对不对?对。所有孩子早晚会问到的一个问题就是"为什么会有战争",对不对？对。所有孩子都希望地球和平。大部分成年人也是这样希望的。从这里开始，这事情就变得复杂起来。

如果你随机选十个路人，问他们"为什么会有战争"，至少一半人会回答"大部分战争的起源是宗教"。

所以我在想，既然我们已经站在这里讨论战争了，我大概也应该跟你讲讲上帝。

当然啦，你肯定觉得站在机场的行李传送带旁边探讨上帝很奇怪。但是请你看看地上那道黄线，和旁边的那行字："请站在黄线后面。"那道黄线让我突然觉得很神圣。

我永远不会告诉你到底应不应该有宗教信仰，或者要不要相信上帝的存在。这是上帝和你之间的事情。只要你对你妈好，不偷抢拐骗，不支持曼城队或者做其他更可怕的事情，我就不在乎你的道德信仰来自圣书还是果酱甜甜圈。但如果你问我我是如何理解这个世界的，那就绕不开宗教这个话题。

根据我的经验，越是口口声声说不想跟你讨论上帝的那些人，越是会喋喋不休地跟你讨论上帝。这种人会不停地追着你问："如果上帝真的存在，那为什么会有战争？"如果你在大学里学了宗教学或者哲学，你就会知道这个问题属于"神义论"或"罪恶问题"范畴。但如果你在酒吧里，这个问题的潜台词昭然若揭："你瞧瞧你瞧瞧，没话说了吧，哈哈哈哈。"

　　这个问题我曾经认真思考过很久。为了找到问题的答案，我花了四年时间，借了学生贷款，在一所知名大学专门学习了宗教和哲学。以下是我的初步结论：

　　上帝创造了人类。哪怕你不信上帝，也先假设上帝创造了人类。而人类创造了许多东西。大部分东西都是垃圾。上帝就会觉得："等等，你们造一堆垃圾干什么？"人类会立刻为自己辩护："什么？没什么！这是属于我们的东西！你关心这个干吗！"上帝就会直率地说："好吧，但是你们要拿这些东西做什么呢？看起来不太安全。"人类翻了个白眼说："我们要出去玩！你是谁？警察吗？"上帝会说："抱歉，我不是故意的……但那个东西看起来可不是个好主意……"人类就会说："别这么过度保护好吗，我们又不是小孩！你十五分钟前就把我们创造出来了！"上帝让步说："好吧，好吧。"于是人类拿着所有东西走进世界，其中大部分都是垃圾。于是世界上发生了许多坏事情。上帝嘟囔着："告诉过你了。"人类有没有停止他们的所作所为，向上帝道歉呢？没有。人类反而把怒火转向上帝，生气地大喊大叫："你为什么不阻止我们！你说你无法阻止我们？那就都是你的错！"

　　明白了吗？这就是人性。

如果你相信上帝的话，上帝还是很酷的。它创造了花园，并且发明了一种让牛排和猪排更新鲜的方式——给它们安上脚，称之为"动物"。（这主意太妙了！）随后上帝打开所有灯，宣布："有了光，有了世界，这些都是给你们的！"人类呢？人类漠然地打个哈欠，穿上连体衣，画上部落文身，蹒跚地走向这个新世界。一开始事情进展得还不错。但过一阵人类就发现上帝并没有让一切都称心如意——就和大部分承包商一样。可是人类总是希望一切都按自己的意愿实现，于是就会觉得"我说的话上帝从来都听不进去！比如，我从来都不喜欢'天蓝'这个颜色，但现在整个天空都是天蓝色，你让我怎么办？！"人类自以为如果让自己来创造世界，世界会更好，于是开始擅自修改上帝的创造。

上帝看着人类，喃喃地说："别拉那个……那个不能拉……"但人们的反应是"懒得理你"。他们做了许多讨厌的事情。刚好在那个时候上帝建成了他的神殿，上帝决定花长长的时间去散心。

上帝离开后，人类决定制造更多东西。他们本来已经有了许多东西，但那时候都变成垃圾了，所以人类决定把之前的东西都扔掉。一开始这是一个痛苦而缓慢的过程，但紧接着人类中有一个女人发现了火（也可能是个男人）。

火的出现解决掉了一切,成为最炙手可热的东西。人类烧了自己的垃圾还意犹未尽,决定带着火种去烧别人的垃圾。这个提议一呼百应,有人说击石取火是"自石头出现以来最棒的事情"。但由于火很难移动,人类必须发明一种更好的运输方式。所以一个女人发明了轮子(也可能是男人,就让我们假设是个男人吧,男人总得发挥点儿作用啊……)

但其他人立刻开始质疑他:"你是发明了轮子,但是你的商业模式是什么呢?可规模化吗?能成为连锁企业吗?你的远期规划是什么?"于是一个留胡子、穿高领毛衣的男人出现了。他把轮子涂成白色,用双倍价格把它卖给了斯德哥尔摩的艺术总监。所有人都尖声称这个穿高领毛衣的男人为"天才",而那个发明轮子的人喃喃地说着"没事,算了",默默回到他的车库里。

一年年过去了,几个人带着轮子和火走进沙漠,埋葬了一具尸体(记住:好友帮你搬家,死党帮你挪尸体)。他们挖得很深,大地"尿"了他们一身——他们发现了石油。

这当然棒极了。他们跑回人群中宣布这个好消息,大家一起击掌相庆。这时,一个人举着火把跑来,问道:"等等,如果我们把这个和那个合到一起会怎样?"于是他们这样做了。又有一个人问:"如果我们把这些东西和轮子合到一起会怎样?"他们也这样做了。他们看着这坨奇形怪状的东西，异口同声地问："这又是啥？"高领毛衣再次出现，把这坨东西涂成白色，嘴里蹦出"氧化""发动机"之类的词汇，所有人再次异口同声地尖叫："天才啊！"

这无疑是人类的一次非凡突破。现在人类能够开着车去烧别人的垃圾了，而且还能够排队做这件事！他们发明了交通高峰期。（瞧瞧，他们还一箭双雕地发明了"反讽"这个搞笑的概念——用"高峰"来命名汽车时速的"低谷"。）

人类爱死了交通高峰期。所以它们在轮子和发动机上安上了金属盒子，这样就可以整个冬天都待在里面了。他们在金属盒子里面割出一个小圆洞，这样他们新发明的小饮料罐刚好能放在圆洞里。饮料罐里装着他们发明的深色液体，这种饮料的唯一作用就是喝了之后不用睡觉。这样他们就能在交通高峰期整夜不睡了！简直完美！

起初几年，这简直是天堂。人们享受这一切，就像他们从来没体会过快乐似的。随后，人类中的一员发现泡沫牛奶和深色液体可以兑在一起，变成"拿铁"。但这件事让大家又开始焦虑，因为他们没法让奶牛在交通高峰期老老实实坐在金属盒子里。于是又有一些人开始琢磨了："肯定有比这更好的旅行方式！"

于是他们发明了飞机。

就在这时，上帝散步回来了。上帝俯视着人类，慈悲地降临人间，在行李传送带几步外画下一道黄线。上帝说："如果每个人都站在黄线后面，那么大家都能看到自己的行李。"

但有一个人看着黄线开始尖叫（这次我不说他是男的还是女的……算了咱们还是说实话吧，就是住在街那边的那个叫罗伯特的邻居）："不！我要站得更近！"于是罗伯特越过了黄线。紧接着，其他人也都越过了这条线。现在没人能看到自己的行李从传送带上过来了。

这就是战争的缘起。

因为人类真的太蠢了。

所以你信不信教我都无所谓。我只希望咱俩在这件事上能达成共识——如果把十个人叫到同一个房间里做同样的测试，结果都一样："如果你越过黄线，可能会对你有一丁点好处，但是会影响其他人的利益；但如果你留在黄线后面——该死，罗伯特！"这些并不是上帝的责任。关于这一点我们没有分歧吧，对不对？

我知道一两年后，你就会学会说话，紧接着就会进入不管我说什么你都会问"为什么"的阶段。我现在就可以回答你，95%的情况下，"为什么"的答案都是"因为人类真的太蠢了"。

明白了吗？很好！

所以当你妈几分钟后赶到这儿,问咱们为什么行李在面前绕了两圈都没拿的时候,我们就这样回答她。咱们才不告诉她是因为一直在手机上玩《我的世界》的缘故。明白了吗?很好!

讲得不好，我知道。

我知道其他爸爸对于这个问题会有更简洁易懂的解释，比如鹳鸟送子之类的。但我想创作一个现实主义的故事，并且尽可能简单明了。可能因为我野心太大了，我有点越解释越乱。我先起了个头说"你爸"，接着改了主意说："等等，我们还是这样开始吧，你看到一只鹳鸟……"最后说："如果你现在跑去幼儿园，告诉其他孩子你老爹对鹳鸟做了哪些事，那你老爹估计要被警察抓走了……明白吗？"

我知道听起来有点费解。

我们还是从头讲起吧。为了避免误会，这次我就直说了，好吧？

我和你妈睡了。

你可能需要好几年来消化这句话。

对不起，我还是应该给你讲鹳鸟送子……

**一看到你，
我就想到《侏罗纪公园》里的霸王龙**

　　凌晨五点半，你盯着我看的时候，我心里只有一个念头。

　　只要稍微移动一丁点，我就全完了。

为人父母并没有说明书

对，我是在餐巾纸里吐痰了。
对，我还用餐巾纸擦了擦孩子的脸。
我又没有直接往孩子脸上吐痰啊！
好吧，还是我的错。

关于
你那只会唱歌的
塑料长颈鹿

现在你已经不记得它了。

但是我希望你知道，人们小时候能记住的都是最奇怪的东西。

比如2012年某个周二凌晨三点四十五分，你和我在客厅。你怎么就不能像个精神正常的人类那样回去接着睡觉呢？你看，老爸已经有点儿累了。爸爸已经两年没好好睡觉了。现在我的感觉就像是和你爷爷坐在车里兜圈子，一圈，一圈，又一圈……你到底明白没明白？

我看你是没明白。你什么都不明白。但你爸现在头很疼。如果你非要半夜爬起来搞破坏，能不能拜托你小点儿声啊？连脱衣舞女和毒贩子这会儿都睡觉了！

是的。老爸知道你是在找那只塑料长颈鹿。爸爸知道你喜欢那只塑料长颈鹿。只要你一按它背上的那个按钮，它就会跳搞笑的舞蹈。不仅如此，每次你不小心踢到它的时候，它还会同时唱"哦，亲爱的"那首歌。声音巨大。

我是怎么知道的呢？十五分钟前，咱俩经过一场七小时的室内综合格斗，我把你哄着放到床上，蹑手蹑脚地关上灯，穿过客厅回到我的卧室，结果被横在地上的什么破玩意儿绊了一跤。巨大的音乐声响起，你从床上飞起，怒吼道："颈鹿！"

我知道你爱你的"颈鹿"。

我可没有把"颈鹿"杀死或者把任何其他东西干掉。老爸永远不会这样对待你喜欢的东西。

但是你看，"颈鹿"必须搬家。现在它住在乡下的农场里，比咱家好多了，塑料长颈鹿最爱农场了！

我知道你会问为什么。那是因为……呃……你妈对塑料长颈鹿过敏！这事你得跟她谈。

我们现在可以回去睡觉了吗？求求你！

你看，我不是不喜欢和你欢度高质量陪伴时光。要理解爸爸啊。如果我们能把一点儿高质量陪伴留给电视，那就更好了……我的意思不是说我怀念你出生之前的日子，绝对不是。我只是说，那会儿我能睡到自然醒。我可擅长睡觉了，我爱睡觉，睡觉爱我。我和你妈刚认识的时候，我们最喜欢的事情就是在周日早上醒来，看看彼此，然后蜷进被子接着睡。有时我会爬起来煮上咖啡再回去睡，这样一醒来整个公寓里就都是新鲜咖啡的香气了。

那可真是好日子啊。

之后的早晨呢,你来了。你来了一年之后的一个早晨呢,你学会了爬出婴儿床,握住我的手腕,用我的手表抽打我的脸,把我叫醒。就像我刚上初中的时候,高年级学生对待我的方式那样:"啊哈哈哈哈!你为啥自己打自己啊?快看巴克曼自己打自己啦!哈哈哈哈哈哈,干吗打自己啊巴克曼?"这就是你干的事儿,你个小坏蛋。你在干吗?你到底有啥毛病?

这时候我就不得不爬起床,和你玩你的玩具火车或者其他破玩意儿。你只要下定决心要玩,就绝不会等到天亮。遇到这种情况,明智的做法是赶快玩起来,因为你绝不会让步的。我就像是和一个迷你版的电话销售员住在一起似的。我知道你对我的期待是一个内心保有童心的有趣的父亲,能和你玩到一块儿去。但说真的,儿子,你玩火车完全不得其法啊!我不是要摧毁你的自信心,这只是一种客观的建设性批评——你玩火车玩得太烂了!必须有人告诉你!

首先,你把火车开反了。这是实事求是的态度吗?如果我们不尊重这个游戏的现实基础,我们干吗要玩火车呢?如果只是凭空捏造,天马行空地想象,那咱们就彻彻底底放开了玩也行啊,我要独角兽用金弹弓打巨人的屁股!你看看你现在是什么态度——"爱咋咋地,我就要反着开!"

我是说真的啊,儿子。要玩火车咱们就好好玩,有规矩才能成方圆。所以咱们呢先把那匹马放进餐车。(好吧,我知道你妈肯定说这样不对。但它不在餐车能在哪儿啊?)别生这么大气,火车停在隧道里不动是因为信号出了故障嘛——出了技术问题咱们只能接受。火车开得这么慢是因为铁轨上有很多落叶,你看你看。如果你愿意的话,我可以扮演火车公司,你来扮演负责维护基础设施的政府部门,我们在媒体上互相指责对方导致行人在隧道里冻死……角色扮演最好玩了!

看见没?咱俩配合得太默契了!

呃,你别把所有人从火车里拉出来啊。你跑来跑去是想把他们都塞进你的玩具汽车里吗?懂不懂全球变暖啊?你怎么就一点儿都不环保呢!等会儿我还得把这些人放回火车上,你看你把他们的行李全弄丢了,他们会把咱俩告上法庭让咱们赔行李的!等等,你要去哪儿啊?

又怎么了?你生气啦?是因为听不懂我刚刚唱的"灵魂避难所[1]"吗?

---

1. 灵魂避难所:美国摇滚乐队,成立于1983年。

好吧好吧！现在是凌晨三点四十五分，老爸从你出生以来就没好好睡过觉……好了好了，你才是受害者，行不行？如果《暮光之城》里的那些吸血鬼现在看见你老爸我，肯定会嘟囔说："别喝那个人的血，爱德华，看起来真恶心。"别哭了，我不值得被同情，你才值得被同情……

行行行，不玩火车了。我们可以去睡觉了吗？

拜托！

现在就睡觉！

求求你了！

你大概还不知道，老爸多希望你现在就了解货币制度，这样我就可以给你一百块钱让你闭嘴，好让我踏踏实实睡一会儿。不行了，我撑不住了。上次我问你的幼儿园老师，到几岁能用麻醉枪打孩子，我不知道她会不会去报警。书上一直说什么"适用于婴儿的科学睡眠方法"，那只是初级入门。我正在读一本特别有启发的书，讲的是澳洲的野生动物猎人怎么把淡水鳄鱼撂倒。

还有件事：我不太信任你的幼儿园老师。她太奇怪了。有一天我亲眼看见她走进一间有十来个两岁孩子的房间，她看着你们，说："睡觉！"你们就全睡着了！难道她是X战警吗！也太奇怪了吧！

等等，你现在又要去哪儿啊？我们是要去睡觉！别再去拿那些小汽车了,老爸要哭了!人们都说"生孩子会很好玩的",没错,就像是用望远镜安抚一群受惊的羚羊那样好玩。小孩到底为啥讨厌睡觉啊?睡觉多舒服啊!我那天在杂志上读到,孩子们在最爱的人身边会醒着不睡,想让他多留在身边陪陪他们。要不是我已经困得不行了,我真想冲去作者的办公室给他一拳!

因为咱俩都知道你最爱的人是你妈。我最爱的人也是她。她是咱俩人生中最大的幸运。所以你现在应该保持安静!

咱俩一晚上不睡觉,我可以忍。滚烫的奶瓶和该死的塑料长颈鹿,我可以忍。睡觉前必须把所有的毛绒玩具按大小精准地排好队,我也可以忍。

因为睡眠不足,我有时候会头疼忘事儿。比如把车停错地方、上错楼层,站在楼道里大骂安锁的人不专业害我打不开门,直到邻居打开门问我干吗要闯进他们的公寓。我搞混过配方奶粉和蛋白粉。还有一次你睡着之后我把卧室门和阳台门搞混了,把你扔在了室外的家具上。不过我十五分钟之后就把你弄进屋里啦。反正只是十一月而已嘛,你看着没缺胳膊没少腿的,只要我不把这些写在书里就没人知道,也没人会报警叫社会服务机构把你带走。

这些我都能忍。让我不睡觉也行。我只是不想吵醒你妈妈。

因为这是为数不多的几件我能为你和你妈做的实事。哎，我知道这听起来有点可悲，但她做的比我多太多。为你，为我们，为我们的生活。所以我希望她至少每晚能睡个好觉。

她在为人父母这方面永远做得比我好。当你像个喝多了的外星人一样，站在走廊里口齿不清地大吼大叫的时候，她立刻就能听懂你的意思。她知道天冷的时候你应该穿多少。她把医生的建议整理得井井有条，确保我们营养均衡，在我最需要的时候靠过来吻我的脖子，连我自己都没有意识到那一刻我有多么需要她这样做。她有那么多闪光点，你还小，都还不了解。对了，你一定会爱上了解她的过程的。她的美好与脆弱，她的秘密角落，她蜿蜒的走廊和吱呀作响的衣柜门。她体验并接纳生活赋予的每一种感受，并将它们铭记在心。

毫无保留地投入一切——这就是她爱我们的方式。

她有时候也会对我们大喊大叫，比如我们光着屁股坐在新沙发上的时候，把湿毛巾扔在洗手间地板上的时候，蛋黄酱洒在地毯上或者冰激凌滴进她手袋里的时候。但如果遇到一群恶狼，你妈妈会毫不犹豫地冲到你和我前面。

成为她的男孩真是上天赐予的好运。每一天，我们都应该证明我们配得上这份福气。

因为和她在一起的每一天,都像是充满阳光暖意和咖啡香气的周日清晨。

只有一件事我比她做得好,那就是少睡一会儿。疲惫的时候,我顶多把车停错地方,而她会开到荒郊野外。晚上睡不好的时候,我顶多把奶酪放到冷冻柜里,她会把冰箱放到地下室。你妈妈在生活的方方面面都比我做得好,但你出生后,我俩发现熬夜这个领域可是我的强项——仅有的一个强项。

所以我们得让她休息好,这是咱俩的任务,同意吗?为了回报她每天为我们做的一切,我们至少可以让她睡个整觉。我们守护她一个安稳的夜晚,这样醒来后,她就可以继续当我们的周日清晨了。

希望你听明白了。

所以咱俩现在依然坐在这儿,一边看动画片,一边玩玩具火车。又一次。老爸知道自己有时候很混账,但是老爸也会累哎。不过我还在努力,真的在努力,因为爸爸爱你。当然,关于"颈鹿"的事儿爸爸很抱歉。我知道你爱"颈鹿",爸爸也爱你。但是"颈鹿"现在在一个更好的地方。至少老爸感觉更好了。人都是有极限的,你知道吧?

凌晨三点四十五分，人是有极限的！

我真的很想做得更好一点。我想当那种能哄孩子睡着的爸爸，一个好爸爸。我不想让你失望。

凌晨三点四十六分，你的小脑袋枕着我的胳膊睡着了，手里还拿着那台红色的玩具车。我躺在旁边，望着你。

我小的时候，有时候你爷爷会开车带我出去。我们兜了一圈一圈又一圈，我都不知道我们要去哪里，只是把东西搬上搬下，也不怎么讲话。可能整个童年我和你爷爷都不怎么讲话。等我长大一些后，我觉得儿时关于开车旅行的回忆都非常无聊。我们只是默默地坐在车上，车轮向前滚动，彼此不发一言。

直到你出生后，我才意识到，那些回忆大概是童年最好的时光，无论是对我，还是对你爷爷。因为那是我们共同的回忆。

等你长大以后，我猜这样的夜晚大概也是我最珍贵的回忆。我不会记得此刻的头疼和抱怨，只会记得我们一起玩的火车。我还会记得你不知怎么就学会了打开冰箱，当我忙着哄你睡觉的时候，你坐在你的游戏帐篷里突然开始向我扔冰块。我还会记得我们在整个公寓里追跑打闹，你躲进衣柜的箱子里出不来，我在旁边笑得肚子抽筋。当我终于把你解放出来的时候，你把一个冰块塞进了我的T恤里。那是你第一次这么干。那一刻你的表情和你的大笑我永远会记得。那些时光是属于我们的。

还有"颈鹿"。

估计你还是会记得它。

童年回忆真是最奇怪的东西。

做家务的技巧

你妈和我大扫除的时候，我要是找个借口溜之大吉是很容易的事情。你知道，我也知道。但我们是那种人吗？我们不是那种人。

所以在大扫除日，我卷起裤腿，脱下衬衫，大义凛然地走进最难清理的那间屋子，没有一丝犹豫。

是的，你没听错，我自愿选择了洗手间——扑向了手榴弹。我就是这么伟大的男人，毫无畏惧。

我可不仅仅是"打扫"洗手间而已。街上随便一个乡下人都能"打扫"洗手间。而我，把打扫这件事提升到了艺术的层面，一种巴克曼家族代代相传的手艺活儿。一个温柔的技能。有些人甚至会称之为使命。

你无法成长为一个伟大的洗手间清洁工，因为你生来就是。

当我对这个叫作"洗手间"的"无知国家"开

始"独裁统治"时，一切在高压清理下无法保持坚定的事物都无法存活。英雄从不手软！

所以我先把那些不牢固的东西挪走，然后用三种不同的清洁剂刷瓷砖，用牙膏刷水龙头，直到它们干净得能闪瞎别人眼睛。我一丝不苟地刷淋浴间，直到国际奥委会准备在那儿举办花样滑冰比赛。我清理洗手池下面的储物柜，擦排水管，用牙刷刮橡皮管子。威猛先生看见我都会自惭形秽，主动向健康部门自首。老爸厉害吧？

做完这一切，你知道我接着要干什么吗？我会再重新干一遍，只为了确保万无一失！

我打扫过的淋浴间闪闪发亮，乌鸦会把它当成钻石偷走。我完成打扫，雄赳赳气昂昂地走出洗手间，像将军一样从史诗般的战役中凯旋。这不是人人都能打赢的战役，是只有巴克曼才能打赢的战役！紧接着你知道发生了什么吗？我看到我心爱的女人——你妈，站在客厅里深情地望着我。她说：

"哦，太棒了！你真是太伟大了！这三个半小时，我一个人把整个公寓打扫干净了，而你刚从洗手间里出来。你知道这有多不公平吗，巴克曼？！"

爱她的理由千千万,这是其中一个

我们在餐厅排队等着点餐的时候,一群穿着超大号运动夹克、戴着蓝牙耳机的中年男人插队到我们前面。

我很生气。你妈妈告诉我不要大吵大闹。我就更生气了。

其中一个男的转过头,看到了我们。他看到你妈的眼神,这才清楚地意识到他们插队了。于是他迅速转身,假装什么都没看见。

我拍他的肩膀,他不理我。我想揍他,你妈不让。

你妈拿着手机到餐厅外面打了个电话。等她进来的时候,服务员在柜台里喊道:"64号!"你妈妈说:"在这儿!"她用胳膊肘推着挤到队伍前面,在柜台付钱拿了打包好的食物。走回来的时候,她直视着每个中年人的眼睛,微微一笑。

我看着她问道:"刚刚排队的时候你给餐厅打电

话点餐了啊？"

她震惊地耸了耸肩说："难道不是所有人都这样干吗？"

这不只是我爱她的唯一原因。

我的自尊心真的没有受伤。

我可没说你应该爱爸爸比妈妈多一些，
我只是想陈述一个事实。

"选哪个电影都行，只要是没有剑的就行。"
没、有、剑。
什么样的人在新年夜和挚爱的家人坐在一起的时候，
会说这种话啊？
我们能相信她吗？
问问你自己吧！

关于菲莉西亚的妈妈为什么讨厌我

是的，我知道你喜欢那个叫菲莉西亚的女孩。但事实是菲莉西亚的妈妈觉得你爸是个白痴。所以在不久的将来，我们不会再和她一起玩儿了！

你看起来需要个解释。

首先，我要说的是，为人父母这件事远远没有看起来那么简单。很多之前不需要考虑的事儿现在竟然都要考虑。就拿糖来说吧。你知道吗，只要同时提到孩子和糖，平时看起来很合拍的人竟然会像艺术院校的叛逆学生那样发飙！我是说真的。有一次，我开玩笑地说到，圣诞节那会儿我为了庆祝你满十八个月，和你分享了一大罐"特别版自制饮料"（就是伏特加兑可乐，等你再大点儿我再跟你解释这个），威廉他爸生气了。我赶忙解释说我没给你喝酒，只给你尝了点儿可乐，他更生气了。

估计，如果我告诉他后来我把奶瓶装在牛皮纸袋[1]里交

---

1. 这种纸袋常用来装酒瓶。

给你，也于事无补。

你把牛奶洒了一地的时候，你妈跟其他家长开玩笑说"这是给他牺牲的战友的"，当然也没起什么好作用。（所以这事儿主要怪你妈！）

我不是要推卸责任。我可没觉得五十年前为人父母是件更简单的事儿。当然啦，我确实觉得那会儿的游戏规则更简单透明。如今我们很难界定哪些是世俗可以接受的，哪些不是。比如你六个月大的时候，护士告诉我们不应该让你"下午睡太久，否则会打乱他的昼夜节律"。你妈回答她说："这可不是叫醒不叫醒的事儿，这孩子只要一闭眼就像是立刻进入了《阿凡达》的低温休眠期似的。"一个新手妈妈这样回答显然没什么问题，护士听了这个玩笑也笑了起来。

于是我紧接着来了句："是啊，是啊，真的！哪怕关了监控摄像头的狱警也没办法叫醒这孩子！"但这话显然就没那么合适了……完全不合适。

明白我的意思了吗？真的很难摸清楚这个界限到底在哪里啊！

还是这位护士，在你下一次体检的时候告诉我们，这个年纪的孩子晚上戒掉夜奶有好处，并建议我们采用"不同方法来降低食欲"。我听了心想这句话的意思是不是要教你抽烟之类的，并且大声说出了自己的想法。这话好像也不怎么合适。

不成文的家长守则太多了——得当个好榜样，不能说脏话，"婴儿围栏"的术语不是"八边形"，幼儿园老师说到"大自然的天然糖果"指的是葡萄干而不是培根。还有，其他家长提到电视和小孩的关系时，当他们言之凿凿地告诉你"研究表明电视对幼童有害"，他们竟然指的是所有电视节目！不仅仅是糟糕的电视节目，而是全部电视节目。甚至包括《权力的游戏》！

当护士问我还有没有其他保健问题的时候，我抓住机会问他我们什么时候能确定孩子是不是左撇子。护士问为什么，我说："我想知道他是左翼还是右翼。"即便现在，我都不太确定这句话合不合适。我觉得还好吧，但也不是那么确定。反正从那以后，护士就只和你妈说话了。

有小孩之后，社会规范和流行文化之间的界限变得有些模糊。比如我发现《天线宝宝》第二季里小波的股沟超明显，这个话题在幼儿园家长会上可是一个完美的破冰方式！

结果它不是。

对这些我很抱歉。

真心的。

当个好爸爸太难了，需要大量试错。对我来说可能更多的不是"试"，是"错"。你可能已经发现了，每次我被人批评的时候，我总是忍不住开玩笑化解尴尬，这是我的性格使然。而当你为人父母之后，你的耳边永远能听到各种批评。这年头，孩子可不仅仅是孩子，而是身份的象征。没人知道这是怎么发生的。人类在上万年的自然繁殖之后，突然在我们这一代决定把孩子像世界杯奖杯一样从产房捧出来，就好像我们是历史上第一批整明白如何繁殖的人类似的。

我们甚至都不需要成为"好"父母，只要"还不赖"就能过关了。只要二十年后，你们的心理学家嘟囔说"这不全是原生家庭的错"，我们就问心无愧了。

自我感觉良好的方法，就是让其他人看起来像是坏家长。我们的灵感在这方面简直是层出不穷！要么拿食物说事儿，要么拿玩具说事儿，要么一起抱怨孩子的幼儿园下午三点十五分才放学（三点十五分就放学！我还不如把你扔在森林里让狼把你养大算了！）。更狠的是拿某个未取得官方认证的非有机塑料制品说事儿："什么？你竟然让你家孩子玩那个？呃，这个嘛，反正我是不会让我孩子冒任何得脑癌的风险……但每个人都可以用自己的方式养小孩嘛，这样也很好呀，哈哈哈哈……"我们就是这样互相拆台的。

有的家长恨不得小孩的新衣服必须经过九千度高温消毒，不这样做的话你就是可怜又可恨的混账家长，孩子会过敏甚至有性命之虞。等一下，难道人类就是这样进化成优势物种的吗？难道原始人把新生儿用猛犸象皮包裹起来的时候干洗过象皮？难道人类在一个连恐龙都受不了的星球上顽强生存下来全靠洗洗洗洗洗？

如果不是这种情况，那就是另外一回事了。如果我们不能通过过度关心的手段反衬出其他人的差劲，那就只能满不在乎，因为固执而进化成为那种又酷又放松的父母。他们头戴墨镜，腰上有文身，举着外带咖啡，从帆布包里掏出《自由育儿法》的读物。他们的口头禅是："孩子只是孩子，给他们空间，明白我的意思吗？放轻松，老兄！"他们身后，五岁的儿子梳着莫西干头，戴着鼻环，正想把妹妹塞进啤酒瓶里。

还有一种白痴父亲会在晚宴上充满优越感地坐在一群家长中间。有人开玩笑说到圣诞节的时候孩子更爱玩快递箱而不是里面的玩具，还有人笑着说"那明年圣诞我就给他们买个大箱子好了"，其他人都笑得前仰后合，只有他面无表情。又有人说自己家孩子连纸箱都不玩，只会玩厨房里的特百惠盒子。大家又狂笑一阵，他还是面无表情。

于是有人笑呵呵地转头问这位白痴老爸，他的孩子有没有什么特别喜欢的奇怪的玩意儿。他绞尽脑汁想说出一个与众不同又惊世骇俗的答案，所以他回答说："……刀！"

我可没说我是那个父亲。

但这个故事可能是你不能再和西奥多或斯米拉玩的原因。

总而言之，为人父母可没有看起来那么简单。我已经尽了全力了。我去操场和其他父母聊天，听他们说某某家孩子从直肠里喷出了绿色物质的时候，装模作样地尖叫："天哪！不会吧！"实际上我一点儿也不关心这些屁事（我已经很努力了！但我做不到！）我努力察言观色，耐心倾听，一听到猪流感疫苗丑闻、教师资质不足之类的事儿就竖起耳朵，进而得知你们幼儿园的墙壁有什么毒，我们做什么事的时候必须小心记住什么……都是什么来着？我已经尽了最大努力了！但要想的事儿实在是太多了！

人人都说"直到你自己有了孩子，你才会喜欢孩子"。这是胡说八道。有孩子以后，我只对你这一个孩子感兴趣。其他孩子依然很讨人嫌。

是的，我知道有问题的是我。我老听不进别人劝，什么都不当回事儿。

比如菲莉西亚的妈妈看到报纸上说，被细菌污染的热狗可能对儿童造成危险，但幼儿园无法承诺在郊游或者其他情况下"永不提供热狗"，她感到非常焦虑。我问她热狗的风险究竟具体是什么。菲莉西亚的妈妈神经兮兮地说："脑膜炎！"我说："那还行啊！值得吃！"她非常，非常，非常生气。

行吧。

也可能我不应该建议菲莉西亚的妈妈"吃片百优解，喝杯小酒，白眼一翻世界与我无关，哈库纳马塔塔"！我大概不该说这话。

几周之后，菲莉西亚的妈妈因为入冬之后的诺如病毒而再次变得神经兮兮的，坚持幼儿园的孩子不应该有肢体触碰，连别人的衣服都不能碰。但是那天早上你用小汽车砸我的脸叫我起床，把我鼻子撞出血了。出门的时候我以为我已经不流鼻血了，结果我在幼儿园的衣帽间打了个大喷嚏。

我不应该在衣帽间打喷嚏。反正之后的事儿你也知道了。

我知道你喜欢那个叫菲莉西亚的小丫头。

但世事难料啊，老爸尽力了。

一个建议

现在已经是半夜十一点三十分了。

我已经非常非常非常非常累了。而你还在一圈一圈一圈飞奔，嘴里念念有词地嚷嚷着什么听不懂的话，听起来就像喝醉酒的德国足球流氓似的。紧接着你一个急停，冲进厨房，又从厨房冲出来，摆好阵势，开始往抽屉里倒酸奶，一句解释都没有。你脸上平静如水的表情真是令人难忘。

你妈的朋友正好在家里做客，我无可奈何地对她说，你只有在开车兜风的时候才会老老实实睡着。你妈的朋友笑着说，遗憾的是每次一到家，把他们从安全座椅上抱下来的时候，他们就会秒醒。

我说我实地确认过，我们买的那个宝宝睡眠监视器在车库里也有信号。

这只是个玩笑。基本上是吧。至少有一小部分是玩笑。至于我是不是让你在车库的车里睡过觉这个问题嘛……

反正如果今天有社会服务机构的人来幼儿园问到这件事，你知道是为什么。

鞋匠的孩子不会这样

我可不是在推卸责任啊。

我是想说，早上给孩子穿外套这件事就像是把一只吃了墨西哥辣椒、浑身肥皂的愤怒猴子塞进冰球守门员的制服里。

我也不是在找借口啊。

我只是想说，今天早上压力又大时间又紧张。

再说你也不需要自己走去幼儿园啊。我把你塞进该死的婴儿车，被巨大的毛毯裹得严严实实，就像躺在睡袋里一样。这一路上，整个斯德哥尔摩都找不出比你更暖和的人了。事实如此啊。

这真的不是借口。

好吧好吧好吧。算了。

户外零下两度，到幼儿园门口，我当着其他家长和老师的面把你从婴儿车里拎出来，径直放在雪地上的时候，花了半分钟才反应过来你没穿鞋。

这当然不是合格家长该做的事儿。我懂。

但我今天还挺开心的。哈哈哈哈哈哈。

提醒自己

如果你跟刚休完陪产假的同事说欢迎"度假归来",他们会非常生气。

关于 善恶

有人说人之初性本善，也有人说世间无恶人。我不是学者，关于善恶我无法告诉你绝对的真理是什么。但我知道这个世界上有恶棍。如果可能的话，我希望你长大以后不要成为他们中的一员。

如果有一件事是我能够教会你的，我希望这件事是行善，不要作恶，别当个混蛋。在这个问题上你完全可以信任我，因为我本人就是混蛋泰斗，在做蠢事方面有丰富的人生经验。

这世界的运行法则有一个基本原理：在人生的每一个小群体中，无论在幼儿园还是在有落地窗的独立办公室，你遇到的人都会把周围人划分为两类：强者和弱者。

但在两者之间，其实还有一类人。这是最危险的群体。他们害怕跌到弱者的一方，又对强者无计可施，于是总是对弱者拳打脚踢。他们总会以莫须有的借口，把弱小的人推到墙角。

我和其他父母一样，既害怕你被人推到操场角落，也害怕你对别人拳打脚踢。既害怕你被欺负，也害怕你欺负别人。这两种处境我都经历过，相信我，二者的滋味都不好受。

所以我们需要聊聊善恶这件事。我想这应该是当爸爸的责任吧。老实说我还不知道从哪儿讲起。不如我们讲个故事吧。你喜欢听故事对不对？每个人都喜欢听故事。

我知道的故事不多，所以我准备给你讲一个我真真切切了解的故事。我小时候最喜欢这个故事了。我希望你注意听故事中蕴含的道理。因为寓意很重要。

很久很久以前（大概有20世纪90年代那么久吧），有一个名叫"送葬者"的摔跤手，住在一个名叫"美国"的遥远国度。在这个王国里，所有的摔跤手最渴望的就是参加名叫"WWE"的摔跤比赛，在成千上万观众面前打败发型糟糕的对手，戴上象征冠军的金腰带。

在人们的记忆里，坏国王布莱特·哈特和肖恩·迈克尔斯年复一年地主宰着这些比赛。人们都说他俩是无法战胜的。但当"送葬者"第一次走进拳击场的时候，一切都改变了。你真该看看他那时候意气风发的样子！他给了人们希望。黎明将要破晓，好日子就要来了！他就像邪恶世界中的英雄。他像拖拉机一样强壮，他的必杀技是……不好意思插播一句,"必杀技"就是干翻对手的决胜动作,那个年代每个摔跤手都有自己的"必杀技",摔跤学校会教这些技能,比如重拳或者锁喉之类的。就像坦克的碾压或开火,这意味着一个句号,没有任何退路,一出手便是终局。

你明白我的意思吗?WWE的比赛是决一死战。

"送葬者"有一个必杀技叫"墓碑钉头",就是直接把对手头朝下掀翻在地。你妈坚持说你不需要知道这件事的全部细节,她说的大概没错,你还有很多时间学习呢。不过你可以想象一下,你嗓子被什么东西卡住,我把你头朝下拎起来把那个东西晃出来,然后不小心把你掉到地上了。这就是"送葬者"的必杀技。不过他是故意的。

那一招真的太太太太太牛了!

他注定会成为WWE的冠军(就像是童话故事中王子最终赢得了公主和半个王国)。人人都爱"送葬者",他又高又帅,皮肤黝黑,肱二头肌像拉布拉多犬那么粗壮。但是!在辉煌的外表下,他内心背负着一个沉重秘密。终于有一天,他过去的阴影出现了——他同母异父的弟弟凯恩。

凯恩的父母死于一场可怕的火灾,所有人都以为凯恩也葬身火海,但他们错了。凯恩活了下来,但是脸上留下了可怖的伤疤,内心充满仇恨和愤怒。有些坏人想伤害他,故意谎称当初是"送葬者"放火想要杀死凯恩。所以凯恩带着恨意发誓他总有一天要报仇雪恨。某天,"送葬者"正要和肖恩·迈克尔斯决一死战,胜者将和布莱特·哈特争夺WWE腰带。这时,凯恩突然出现,在整个王国面前向哥哥下了战书(其他六十三个国家的观众也在电视机前看到了这一幕)。

但是"送葬者"不想和自己的亲兄弟战斗。他走开了。如果有人伤害你,别人也会教你这样做的。这没什么丢脸的。凯恩追在后面叫他"胆小鬼!"但他错了,凯恩才是那个真正的胆小鬼。别忘了这一点。

"送葬者"拒绝对亲兄弟挥拳相向。但凯恩和其他恶霸一样,跟在后面穷追不舍。他羞辱"送葬者",叫他"懦夫""窝囊废",还有一堆不好听的词……这些词等你长大了就都懂了,反正跟男女尿尿的不同方式有关。凯恩出现在"送葬者"的每场比赛上,宣称他早晚要复仇,并向"送葬者"发起决斗挑战。他甚至跳上拳击台直接动手。但是"送葬者"只是平静地面对他的怒气,连一个小指头都没动一动。"送葬者"真应该动手揍他!

你明白我要讲啥了吗?

不是的,我不是说应该揍你弟弟。可能听起来是这个意思,而且我仔细想了想,这个故事似乎也不是个好例子。但其实我想说的是,最强的人并不是动手打人的人,而是那些不还击的人。明白了吗?

是这样的,"送葬者"本来可以轻而易举地碾压凯恩,但是他选择不计较眼前恩怨。未来的某一刻,无论是在操场上还是在公司的落地窗前,我希望你能意识到,勇敢的人并不是那些不分青红皂白就挑起争斗的人,而是那些明明稳赢,却不屑于动手的人。

好吧,我们有点跑题了。后来呢,凯恩就一直挑衅想让他哥哥出手,但是"送葬者"始终拒绝,每次都直接走开。时间流逝,就像每个童话故事那样,凯恩终于意识到了他的错误。他终于明白,血浓于水,一直以来错的是自己。于是,在一个月黑风高的夜晚,这个王国又一次举办了摔跤盛事。"送葬者"被肖恩·迈克尔斯和他的三个小跟班伏击了。凯恩跑到他哥哥身边。一开始,肖恩·迈克尔斯还以为凯恩和他们是一伙儿的,所有恶霸都是这么以为的。他们自以为人数多,在袭击一个落单的人的时候,没人敢站出来和他们对着干。可悲的是,这通常是事实,我不想在你面前粉饰太平。因为恶霸总是赢,他们才敢肆无忌惮地继续欺负人。但这一次不一样!

这、次、不、一、样。

凯恩冲上拳击台,一把揪住肖恩·迈克尔斯的头发,一个锁喉抛摔把他扔倒在地,于是所有的小跟班们立刻作鸟兽散。

这是我整个少年时代见证的最美好的光辉时刻。

第二天,凯恩和"送葬者"以"毁灭兄弟"为名结盟。他们成了整个摔跤王国中最坚不可摧的勇士,令敌人闻风丧胆。

从此以后,每个人都过上了幸福的生活。

几年后,凯恩背叛了他的哥哥,在1998年的皇家大战中扼住了"送葬者"的喉咙。肖恩·迈克尔斯帮他把"送葬者"锁进箱子,然后他们点燃了那个箱子。

但是,我的意思是,这并不是故事中真正重要的部分。重点在于它的寓意!

这个故事的寓意是,反击并不总是正确的。但如果是为了保护弱小,有时候我们必须战斗。

我不是说你可以去打架啊。打架当然不可以啦,不然你妈会气疯的。永远不能打架。除非那些带着宽边帽的德国中年人在酒店自助早餐插队。人人都知道,总有例外的时候。但除此以外:别打架。哦,还有,保护自己的时候可以。保护别人的时候也可以。有人想抢走最后一块巧克力华夫饼的时候也成。别的时候真的不行!

呃,这和我一开始想讲的不太一样。

我不想骗你说世界上不存在邪恶。善恶相伴而来。有时候世界充满了无法理解、不可接受、无法改变的恶，以及暴力、不公、贪婪和盲目的怒火。

但也有另一面。那些美好的小事。陌生人之间的善意。一见钟情。忠诚和友谊。星期天下午有人和你手牵手。两兄弟和解。在大众沉默的时刻英雄挺身而出。交通高峰，开萨博的中年男人看到你的转向灯，减速让你开进他的车道。夏日夜晚。孩子们的笑声。芝士蛋糕。

你所能做的就是决定站在哪一边，让你的力量汇聚到哪一方。

我不会一直是最棒的父亲。我犯过许多错，以后也会犯更多错。但如果你成为操场角落里的那个孩子，我永远都不会原谅自己。

无论你是哪一个。

我曾经是中间那些人中的一员，总是害怕自己会站到错误的那边。直到现在，有时候我依然会害怕站到错误的那边。大多数人都会。

所以帮我个忙，别和我一样。比我更好一些。永远不要沉默，永远不要别过脸装作没看到，永远不要把刻薄当作能力。不要把善意视为软弱。不要成为办公室落地窗前的那种人，以为"善良"是个可笑的词汇。

"送葬者"教给了我这个道理。我希望我也能教给你。

啊，还有，关于凯恩把他哥关在箱子里放火的那段，要不咱们就别告诉你妈了。也没啥原因，她不懂搏击嘛。

好吧，事情是这样的

早上我觉得有点焦虑，不小心把牛奶洒在了装尿布的包上。我的第一反应是："靠，这玩意儿会发臭。大家会觉得我是世界上最糟糕的爸爸！"于是我随手拿起一个塑料袋，把尿布和宝宝换洗的衣服塞进去，一股脑儿扔到婴儿车上。出门的时候我随手又抄起垃圾袋。把垃圾袋扔进垃圾箱的时候，垃圾袋里的污水顺着我的袖子流了下来。我更焦虑了，于是我安慰自己"估计是果汁，一会儿就干了"，随手拿起手边的东西把袖子擦了擦，结果那东西是你的新尿布。我钻进暖和的车里刚要喘口气，发现你需要换尿布了。于是我想："管他呢，反正我手里正好攥着一片尿布，上面有点果汁也出不了什么事儿。"于是我把刚刚用来擦"果汁"的尿布给你换上，专心开车。二十分钟后，幼儿园开始上歌唱课的时候，我终于气喘吁吁地赶到了幼儿园，上气不接下气，满脸通红，左手拎着一个塞满尿布的装酒的塑料袋，右手拎着一个闻起来像啤酒的你，手里还攥着车钥匙。

发生了这一切之后，我忍不住想，如果当初直接用那个沾了牛奶的尿布包或许是更好的选择，至少让我看起来更像是一个好父亲。

没有如果。

为什么不要和你妈争辩

我想知道是谁从厨房拿出一瓶怡泉苏打水,倒掉苏打水灌上水和洗洁精,放到水池里,然后上床睡觉去了。

你妈想知道是谁早上起床后,看到水池子里有一瓶放了十小时的"苏打水",一口气灌到了肚子里。

我想知道,究竟是谁无法理解,清晨六点十分的时候水池子里的瓶子看起来和常温苏打水没有任何差别。

你妈想知道,究竟谁会在清晨六点十分起床喝水池子里的苏打水。

我想知道什么样的白痴会把洗洁精灌到瓶子里。

你妈说至少她不是那个喝了洗洁精的白痴。

她赢了。

和陌生人谈话的技巧

再有陌生人俯身和婴儿车里的你打招呼的时候,咱俩不应该再做这两件事了:

我蹑手蹑脚地走到婴儿车后面,怪声怪气地说:"和我的小朋友打个招呼吧,哇哈哈哈哈哈哈哈!"

我蹑手蹑脚地走到婴儿车后面,怪声怪气地说:"跳舞吧,木偶们,我让你们跳舞!"

所以是的,这主要是提醒我自己的。

你坚持住就好。

关于组建乐队

孩子，你现在所见周遭的一切，就是"生活"。它有时会很复杂，需要你用不同的经验来应对。你需要诚实、勇敢、公正；需要爱与被爱；需要体验失败和难堪；需要体验成就的喜悦；需要坚定的信念；需要坠入爱河。

我不妨现在就告诉你，你还需要组建一支乐队。

第一件事是给你的乐队起个好名字。

当然，总会有人说一些诸如"音乐至上"之类的废话，但这些人的音乐都是垃圾。好名字至上！比如"谁人乐队""史密斯乐团""持枪修女""德拉克和马尔福"。瞧瞧这些名字，多么掷地有声。我的朋友R曾经在一个叫"硬乳头"的翻唱乐队待过一小段时间。这名字就没那么好，但是也说不上糟糕透顶。

我自己一直梦想组建一支狂暴的金属乐队，叫"恐怖闪电"。T恤上所有的字母"i"都绘成闪电的样子。T恤上的乐队名字一定要醒目！这是组建乐队最重要的事。在"恐怖闪电"乐队里，我朋友R会负责扬声器，D负责巡演大巴，J负责电源线，E负责买加油站的热狗，而我负责T恤。你妈一直声称T恤不是"真正的乐器"，但咱俩说实话：你妈不懂音乐！

第二重要的是要和最好的朋友一起组建乐队。生活中某些时刻某些人会让你怀疑，生活在这个高科技社会里的当代人究竟还需不需要朋友。但你看，咱们基本每三年就要搬一次家，而你妈妈从易趣网上买了一大堆垃圾，所以我们需要人帮忙搬很多东西。而且有时候你就是想找个人一起打游戏嘛。所以有个朋友是件好事。

交友这件事当然没有什么硬性规定，但既然我们刚好聊到这儿了，还是立两条规定吧：真正的朋友不会抢你暗恋的姑娘。真正的朋友不会在"魔兽世界"里黑你的装备。

基本就这两条。

你的好朋友可以像《哈利·波特》里的罗恩那样。但是你看，他老发牢骚对不对？发牢骚可不成器啊。而且他还撬走了赫敏！这个小混蛋。这可不行。还是找个《星球大战》里的楚巴卡那样的朋友吧。你暗恋的姑娘会觉得他是个可爱的倾听者，但只想和他做朋友不会和他谈恋爱。《宇宙的巨人希曼》里面的邓肯武士也是个不错的选择，不管你对哪个姑娘动了心，他都不会评头论足。

要么考虑一下《壮志凌云》的古斯那样的。但他死了。这种性格特质对于一个朋友来说可真是太要命了。如果有机会的话，我会选择《魔戒》里的山姆卫斯·詹吉。

为什么喜欢詹吉？因为他永远不会在《魔兽世界》里黑你的装备！

另外我觉得詹吉会是一个节奏很好的吉他手。楚巴卡更适合鼓手。邓肯武士是键盘手。就让罗恩·韦斯莱弹贝斯好了，这个小混蛋。贝斯手永远会跟你抢姑娘。还有古斯——不对，他已经死了。所以他什么都不能弹，只能装死。

不是每个人都能理解我们为什么需要乐队。我在这里不点出她的名字。一方面因为我不想指名道姓，另一方面因为你已经知道你妈的名字了。她不懂，总在那边埋怨为什么我"不能像正常人那样出去和朋友喝杯咖啡"，为什么我"和其他男人聚在一起非得找点乐子，就不能老老实实待在一起"。这当然都不是事实。我不是非得找乐子不可，我只是觉得和朋友一起做事情更有趣。另外加入乐队很酷。不管是摇滚乐队、流行乐队还是翻唱乐队，只要能让朋友们聚在一起，看着彼此说："等乐队扬名立万的那天……"

当然，乐队可能连车库都走不出。其实也不一定非得是乐队不可，可以是一支永远聚不齐人的球队，一家永远没钱买的酒吧，或者一次永远实施不了的完美银行抢劫（一部分是因为我们不想进监狱,但主要是因为我们谁都不知道上哪儿搞到自动武器、两栖车、四个空氧气瓶、一打密封袋做的降落伞、一大罐蜂蜜、六条机器鲨鱼和其他我们计划好的东西。这又是另外一个故事了)。

有时候,你只是需要一个同样在意T恤的人。所以你需要一个好朋友。一个在十五岁的时候就认识你的人。一个不需要你开口就知道你在想什么的人。一个可以和你一起喝威士忌一起醉得东倒西歪的人。一个可以随时随地打电话问"晚上去不去看球"或者"周末我想去试驾,想不想一块儿去,顺便分享几个荤段子"的人。

或者是"嗨,我老婆又买了一个二手沙发,他们不提供送货服务,所以我在想你能不能来……"

我不会拉着每个朋友做同样的事。我又不是傻子。有些人能玩到一起去。比如你会有一起看欧冠比赛的朋友,一起玩电视游戏的朋友,长大后会有和你打扑克的朋友,一起去酒吧的朋友。我和朋友N在同一间办公室工作。和朋友J分享笑话和《恶搞之家》。和朋友B聊投资和政治。和朋友R打电话一聊就是好几个小时,从孩子到工作到爱情,还有最大的梦想和最深的恐惧。他是我婚礼上的伴郎。十五岁的时候,我们就说定了这件事。

你问我的朋友E和我一起会干吗?我们一起吃。我指的不是一起去普罗旺斯的酒庄品酒之类的。我说的真的是吃。三明治、烤串、加油站的热狗……E告诉我,地球上任何一个加油站的热狗如果没有黄芥末的加持都会黯然失色。几年前,我们俩在瑞典最南部的一个小加油站发现了世界上最好吃的加油站热狗。E眨着星星眼评价它们是"加油站热狗史上的教父级美味"。

有时候你可能想要一个打架的时候会为你出头或者和你一起穿越北极圈的朋友。但真正的生活中,你更需要的是周二晚上能喊出来一起去吃个汉堡的朋友。这样你就不用在美好的夜晚一个人孤独地傻坐在汉堡店里。E就是那种朋友。

长大后,你会有各种各样的朋友。一起打网球的朋友,一起去派对的朋友,一起和你在城里乱跑、找碴打架的朋友。我曾经有过一位经常一起听着音乐开车到处兜风的朋友。我二十岁那年,他死于一场车祸。那天,E请了假,开了六十多公里来找我,载我去那位朋友的葬礼。他低头看着方向盘,喃喃地说:"我不知道该说什么。""没事。"我边说边下了车。葬礼结束后,E站在路边等我,手里举着两根烤串。我们坐在他的车里默默把串儿吃完。那天整个晚上,E开着车带我四处游荡,听音乐,吃加油站的热狗。因为他不想让我回家打电话给那些狐朋狗友喝个一醉方休。

这是别人为我所做过的最好事情。

然后我们就长大了。我搬到了斯德哥尔摩，遇到你妈妈，有了房子和车。我突然觉得生活有了可以预见的方向，但其实我还是不知道它的意义。唯一确定的是，生活再也不像从前了。不知道从哪天开始，我们突然开始缺少时间，缺少精力，不断推迟这件事，忽略那件事。我们成了大人。

这就是为什么我们需要乐队。这样你就有理由在录音棚聚一聚了（或者外行说的"我们的朋友吉米的妈妈的车库"）。最重要的不是音乐本身，而是与之相关的一切。

E后来也搬家到了斯德哥尔摩。我还在这里认识了N。J、R和其他朋友留在家乡。我们中的一些人现在过着截然不同的生活，有些人的生活没有丝毫改变，只是很少再有机会见面。有些人现在甚至不再听"暴力反抗机器"乐队了。但每次见面的时候，我们仍然用很多时间聊那件完美的乐队T恤，那首完美的歌，那段完美的吉他旋律。

还有那些完美的回忆。

比如我们十九岁那年，在R的生日会上喝得酩酊大醉。那天聚会快结束的时候，E在吧台旁边弯下腰。音乐很吵，所以R也弯下腰，头凑过去听E要说什么。于是E吐在了R的耳朵里。到现在R都坚称他那只耳朵听力下降了，他的吉他手之路因此止步不前。"声反馈在监听器中的不稳定性，你们明白吗？"（我们不明白。）

我只想让你了解，生活中需要一些永远不会改变的东西。

所以你需要一支乐队。哪怕只是为了打电话问问"新苹果电脑怎么样""AC米兰到底在搞什么鬼"或者"要不要来我家烤肉"。但不要让他们纠缠于细节，比如现在已经是十一月了，而你住在狭小的公寓里。

或者为了让他们帮忙来搬沙发。

或者为了艰难地小声说出那句话："她答应了！"

去年，我和E去了瑞典最北部的厄斯特松德路边的一间小酒吧。他们有全国最大的汉堡——八斤半一个。每个人应对中年危机的方式不同，有些人选择爬喜马拉雅山，有些人选择穿越北极圈，有些人学武术。而我和E呢？那个八斤半的汉堡就是我们的珠穆朗玛峰。我们开了十四个小时，往返八百公里，只为了吃这顿午饭。一路上，我们兴致勃勃地讨论了"一个男人走进酒吧"的系列笑话里最好的是哪一个。路上我们在加油站停下吃热狗，没忘记加一大堆黄芥末。

那天夜里，我把E送回他家，在他家门外拥抱了一下。在此之前，我们只拥抱过一次——你出生的那天。

你比那个汉堡还轻将近两斤呢。

所以你需要好朋友。魔戒的佛罗多知道。星球大战的游侠索罗知道。宇宙的巨人希曼知道。彩虹六号的小马哥也知道。

搬那个死沉死沉的书架时，你需要有人一个电话就过来帮忙。需要有人分享"他们应该让兹拉坦·伊布拉西莫维奇下底传中"，或者"你找到《权力的游戏》资源了吗"。

或者"我要当爸爸了"。

你需要一支乐队。

创造性思考

你爷爷周末来给咱家厨房装上了儿童安全锁。

结果就是现在你需要十五秒才能打开橱柜。而我需要半小时。

沟通是幸福婚姻的密钥

我（看向窗外）：你记得阳台上有个大箱子的那户邻居吧？你之前还以为那箱子是个冰箱？

我太太：知道呀。

我：那箱子估计不是冰箱。

我太太：啊？

我：肯定不是冰箱。他们在里面放了只兔子。

我太太：啥？兔子？你怎么知道？

我：因为他们刚把那只兔子拿出来了，现在在玩呢。

我太太：怎么玩啊？

我：摸它抱它呗。

我太太（变了语气）：他们竟然在阳台的冰箱里放了一只死兔子，还摸它抱它？！

我：老天爷，那兔子没死，亲爱的。

我太太（更生气了）：他们把兔子活生生地关在冰箱里？！

（一片沉默）

我：你知道吗，我经常觉得你根本没在听我说话。

你妈特别有同理心

（和朋友一家吃饭，他们的孩子也和你差不多大）

她（看着在地板上玩耍的孩子们）：天哪，他们已经长这么大了。我差不多都快忘了怀孕时的辛苦了。

他：是啊，竟然这么快就忘了，真是太疯狂了。怀孕那段日子你真是太不容易了。

她：是呀，主要是孕期的好多经历之前都想象不到。身体会有很多奇怪的变化。

你妈：真不是开玩笑的。那时候我的身体简直都不是我的了。走起路来摇摇摆摆，又胖又蠢，觉得自己像头大象一样，挡住所有人的路。走都走不好，更别说跑了。我以前还能蜷在椅子上，结果怀孕后连腿都没地方放了！更别提那种饥饿感了，时时刻刻想吃东西想发脾气，一直出汗、烧心……

（一片沉默）

你妈：有了那段经历之后，我更理解巴克曼了。他的生活一直是这样。

关于 爱

老实说，我对爱了解的还不多。

我的意思是，我对你说我爱你，但我不知道你明不明白这句话的意思。我对你的爱和我对培根、曼联、《白宫风云》第二季的爱不一样。这两种爱并不相同。我对你的爱就像是一列失控的火车，轰隆隆地驶过我身体里的每一个细胞。这份爱并不是在我内心逐渐生长而成的，它自外而内地瞬间将我击倒，让我举手投降。它是一种持续不断的紧急状态。

爱。我不知道该怎么说。我对爱了解的还不多。我知道人们常说爱是找到让你生命完整的那个人，但说实话，我不是很确定这句话对不对。完整意味着有序，没有罅隙，没有裂纹，十全十美，就像两块拼图精确地拼在一起。

有时候你看到两个人在一起的时候由衷地感叹："天哪，这两个人真是天生一对！"但我和你妈显然不属于这种。你妈来自伊朗德黑兰，我来自瑞典南方。她身高一米五，我身高一米八五。如果你把我放在天平一端，把两个她放到天平另一端，我这边还是会毫无悬念地沉下去。我双手插袋，步履沉重地漫步人生；而你妈载歌载舞。跳舞简直是她的人生至爱，而我连秒针的节奏都找不准。朋友们能说出我们的很多特质，但是相信我，没有任何人说过我和你妈是命中注定的一对。

所以我不知道该如何告诉你什么是爱。有人说我们先要了解自己，才能了解他人。这或许是对的。我花了很多时间来了解自己，也收获了很多有价值的信息。比如我知道我爱《白宫风云》第二季和曼联，还有培根。当然，这种爱和我对你和你妈的爱不一样。完全不一样。我对培根可谓是情有独钟。我不知道你以后会不会和我一样。你妈总是念叨这个世界上没人像我这样爱培根，还说其他女人下班回来会担心在卧室里看到其他女人的内衣，而她只希望能随手找到一个心脏除颤器。

我不知道你长大后会是什么样子，你身上会有多少我的影子。你有妈妈那双棕色的大眼睛，长长的睫毛在鼓鼓的脸颊上投下影子。有时候我会觉得，你妈妈一定用她掉落的睫毛为你许了愿。你笑起来和她一模一样，有迷人的魅力，无论走进任何房间，都立刻让人们想要靠近。不像我走进任何房间，人们都会本能地把所有千层面和餐桌装饰藏起来。

不过，如果你的小小身体里还有一点我的基因痕迹，那你可要准备好，在接下来的九十年或者更多年里，你总会觉得很饿。最好现在就做好准备。生命不止，食物不息。想着吃的，梦见吃的，找吃的，做吃的，点吃的，等待吃的，讨论吃的，质疑没得吃……我看菜单的时候，从来不想"哪个看起来更好吃"，只关注"哪个分量最大"。如果我写自传的话，那名字一定是《饿也是一种生活方式》。

你妈有很多爱好，艺术、音乐、戏剧……她对美的理解是我渴望拥有的。可能我太关注中场休息的时候吃哪种点心了（不然我会饿得看不下去）。我也不知道是什么原因，但我还挺容易走神或者发火的。特别是饿的时候。饥饿对我的生活产生了极大影响。

所以我和你妈搬到一起住之后，她向我介绍了"预食"的概念（就是提前吃），适用于一切有"成年人"出席的场合。她说的"成年人"通常指的是那些坚信汤是食物的人。这种人会手里举着红酒站着聊工作，一聊就是两个半小时，中间只吃几块随机放着的小鱼饼干。他们管这叫"餐前开胃小食"，而我只想知道他们到底把真正的食物藏到哪儿去了。

和这些人见面之前"预食"让我和你妈避免了很多口

角，比如争论在晚宴上看到有人伸手去拿薯片的时候，我到底是"故意清了清嗓子"还是"咆哮"。那是我们第一次一起参加晚宴。宴会的女主人假装不经意地提到，正式晚餐要四十五分钟之后才开始。

为了"预食"的目的，我开发了一系列卓有成效的产品。比如"预食"热狗——把两根西班牙辣香肠、培根、奶酪、土豆沙拉、蛋黄酱、炸洋葱和其他好东西塞进一整根法棍面包里。每次社交场合让我心生警惕的时候，我都会提前先吃一根这个。这种场合通常要打领带，而且你妈会警告我结婚的时候她承诺的是无论顺境逆境，她都会爱我，直到我死。

我给这种产品命名为"你值得拥有的香肠热狗"。因为我值得拥有。

先拿出一根法棍，用长柄勺把中间的面包挖空。（我一般都把挖出来的面包留着，揉成球放在黄油和啤酒里炸，作为热狗之前的"预食"（小点心）。然后炸香肠。自己决定是用黄油还是菜籽油。反正我是两种一起用。然后再多加一点点黄油和大量啤酒。你妈不太喜欢我用啤酒炸东西，所以我有时候在你爷爷奶奶家做热狗。如果是这种情况的话，这个菜谱要用到两罐啤酒。因为你爷爷会喝掉其中一罐。

把啤酒倒进锅里的时候可能会冒烟,但不用担心。就像兹拉坦·伊布拉西莫维奇常说的:"在这种专业级别的竞技中再正常不过了!"我一般把香肠炸到像是被《混乱之子》里的角色胖揍过一顿似的,但如果你不怎么看电视,你可以早点把香肠捞出来。

现在加培根。你可以自己决定用多高的温度来炸。我个人喜欢在炸锅热得滚烫的时候放培根,这样培根会蜷成一团并且捂住自己的眼睛。但这取决于个人口味。

培根在锅里翻滚的时候,就可以开始把各种好吃的塞进法棍了。塞多塞少全凭良心。我自己是喜欢先放蛋黄酱和黄芥末。别害羞。在吃这件事上,害羞对你没啥好处。

芥末放多少?我喜欢重口味。到底多重口味当然还是听你的。我喜欢辣得像是能突然从沟里拉出一辆卡车或者击溃罗马军队。我觉得这才够劲。你爷爷有一罐特别牛的自制芥末酱。他用一颗小加农炮弹在塑料碗里滚动,把芥末籽压碎做成的。这罐芥末酱简直辣得天上有地上无。如果它不够辣,你爷爷就会愤怒地给当地报纸写信,威胁说要把芥末告上所有法庭(一般都是他瞎编的)。这下芥末就会老老实实的了。

大家总会问我为什么要往面包里放这么多蛋黄酱和芥末。那是因为如果不放这么多,炸洋葱就容易掉出来。这可是重要的生活智慧，孩子！

现在我会放融化的奶酪。如果你愿意的话，可以先用微波炉融化奶酪。但我一般直接用奶酪刀煎香肠，然后用沾满热油的奶酪刀切奶酪。一半是因为省事，一半是因为我觉得《第一滴血》的男主角也会这样干。随后我用奶酪裹住香肠，培根裹住奶酪，就像是做了一个奶酪培根睡袋一样。紧接着我把这个香肠培根奶酪卷塞进面包里。如果塞得很费劲，那一定是因为你放的蛋黄酱不够。别担心。生命中只有两件事永远不会太迟：道歉和更多的蛋黄酱。

现在，把所有好吃的都塞进面包里，任何你想吃的都行。我喜欢放土豆沙拉、泡菜和炸洋葱。当它们一同滑进面包里的时候，泡菜和土豆亲密接触，就好像是两个冻僵的士兵在互相取暖，承诺彼此保守秘密。

如果你想溺爱一下自己，可以在法棍上再加一些多彩的装饰。吃是视觉和听觉的享受。有人喜欢香菜之类的，但我觉得装饰一些蛋黄酱和炸洋葱看起来已经足够完美了。这取决于个人喜好。

出发之前"预食"多少热狗当然由你自己决定。我一般会吃上三四个。但你现在只有十八斤重，可能吃一个就够了。

话说回来，你现在大概在想这些和爱有什么关系。我已经告诉过你了。我没那么了解爱这件事。但你看，你妈是素食主义者，但她依然选择了我。

我想这大概比任何解释都更能告诉你爱是什么。

我对爱了解不多的原因是，我只爱过一个女人。但和她在一起的每一天，都像是在一个遥远的魔法国度里当海盗，充满了无尽的冒险和无尽的宝藏。逗她笑就像是穿着一双大大的雨靴，跳进深深的水坑那样快乐。

我总是率直、尖锐、黑白分明。而她就是我全部的缤纷色彩。

但我并不觉得我让她变得更完整。我总是在闯祸，给她添麻烦。也许这也是爱的表现之一？我不知道。但是从没有人说过我们是天造地设的一对。我比她高二十厘米，有两个她那么重。我节奏感很差，平衡能力还不如喝醉的熊猫。

你妈妈这辈子最喜欢的就是跳舞。但她选择和一个无法陪她跳舞的人分享她的人生，从不担心她自己的安全。

她选择了我。

然后我们有了你。你爱音乐。当你和她跳起舞的时候……如果我只能选择一个瞬间，永永远远住在那个瞬间里，这就是那个瞬间。你和她共舞的瞬间。

关于爱，这就是我能告诉你的一切。

这事儿还没完

（今天早晨）

老婆：你要开车去市区？

我：是啊。

老婆：那你送他去幼儿园？

我：行啊。

老婆：顺便把地毯从干洗店取回来？

我：好嘞。

老婆：再去趟药店，回来的路上买点菜？

我：嗯哼。

老婆：太好啦！我去上班了，晚上见！

（半小时后）

我（接电话）：喂？

老婆：嗨，我刚刚提醒你取地毯的事儿了吧？

我：是啊。

老婆：顺便去趟药店？

我：嗯哼。

老婆：还得……

我：知道了！你是觉得我聋了吗？

老婆：没没没，不好意思呀。我只是想再确认一下。有时候你容易忘事儿，所以我想……

我：我还没老糊涂呢！

老婆：我不是这个意思嘛，对不住啦，晚上见。

（又过了十五分钟）

老婆：嗨，又是我哈。你到公司没？

我：没呢，我还在车里。

老婆：啊，好的。今天送他去幼儿园还顺利吧？

（长时间的沉默）

老婆：喂？

（我看了看后座，儿子正在安全座椅上呼呼睡。）

老婆：喂喂？

我（清了清嗓子）：那什么，你先听我说。我知道我有时候容易忘事儿，早上跟你说我还没老糊涂的时候态度不好……但你先听我说……我想先提醒你，至少我不是忘记去幼儿园接孩子的那种家长……

一个想法

提醒自己:两岁孩子身上的涂改液也太难洗了吧!

当我紧紧握住
你的小手

一生中，我们会遇到许多形形色色的人，他们想要告诉你人生的道理。我们活着是为了什么？世界历史上那些最聪明的头脑用各种各样的方法寻找答案。音乐家、作家、政治家、哲学家、艺术家、诗人……他们探讨生命的无常，呈现生命的讽刺、激情、欲望和不可思议。

他们留下了许多伟大的作品。

我希望你能够读一读，听一听。因为爱上文字的体验是如此特别。那些词句和思想像是血管中振翅的蝴蝶，像是脑海中呼啸而过的旋风，像是直指眉心的一记重击。

我读过圣贤和先知的经典，也读过不入流的禁书。这些文字让我受益终生。人类最智慧的思想者用一生的时间寻找答案，试图解答我们是谁，我们存在的意义，以及生命是什么。

但是没有任何书像这句台词这样击中我："人生是一场分寸之间的游戏。"

这句话是阿尔·帕西诺在《挑战星期天》里说的,就在决赛前的更衣室里。那可真是部好电影啊。很多人说只有体育电影爱好者或者足球爱好者才会欣赏这部电影,但他们都错了。

"人生是一场分寸之间的游戏。足球也是。无论生活还是足球,都是失之毫厘,谬以千里。早一步或晚一步,结果都会截然不同。慢一秒或者快一秒,你都会和它擦肩而过。分寸无时不在,无处不在。比赛的每一次暂停,每一分,每一秒,都生死攸关。我们这支队伍,为每一寸而战!"

有些人,假设我们把这类人高度概括为"你妈",听到这里肯定会摇摇头,长长地叹一口气。每次我给你们俩看这部电影的时候,她都要中途按下暂停键跑出去深呼吸。但是你我更清楚。

因为分寸之间,人生会彻底改变。

有时只是不经意的几厘米。

那张让我来到斯德哥尔摩的招聘广告或许是12厘米。地铁票是3厘米。第一次见到你妈妈时跨过的那道门槛或许是8厘米。我们睡的第一张床大约是90厘米。

我们出生的城市相隔3000公里。我们的第一个家大约

20平方米。我们的孩子出生的时候48厘米。

而一枚子弹大约是22毫米。

你小的时候，我总是想给你留下深刻印象，因此做了很多欠你一个道歉的事情。所以我打算等你长大以后，觉得老爸的生活无聊到爆的时候，再把这件压箱底的事情讲给你听。

那时候我会给你看那道伤疤，给你讲讲你还没出生的时候，我遇到的那件事。

当然，你可能听完了也不觉得老爸很酷。但我还是要讲，尽我所能地讲给你听。

警察说这只是一起普通的抢劫案，银行、邮局或者商店几乎每天都会发生这种事。"重要的是你得知道，这不是针对你个人的。"警察一遍又一遍地对我重复这句话。没人确切地知道发生了什么事，只知道一群持枪的人和另一群手无寸铁的人在错误的时间和错误的地点产生了交集。仅此而已。所有抢劫案都是这样。可能劫匪压力太大不是故意为之，可能接下来发生的事情不过是一个偶然，没有任何意义。都很难说。

总之，当他们逃之夭夭的时候，其中一个劫匪开枪击中了一个人。

我不是要和警察抬杠，但被子弹击中之后真的很难"不往心里去"。就这样吧。

子弹射入我膝盖上方10厘米的地方，击穿我的皮肉和大腿骨。当然，当时我并不知道。一个有趣的事实是，人被子弹击中的时候根本没有时间感知自己哪里被击中，以及什么时候中枪的。所以我大概过了一两秒才意识到枪响了，并且击中了我。又过了几秒钟，我才意识到它没有击中我的头。

现在大家总会问我那一刻我有没有害怕死亡。他们说，人在将死之时，一生的片段会在眼前闪过。就算有，我也不记得了。我唯一记得的是，劫匪逼每个人趴在地上，拿走了我们的手机和手表。那块手表是几周前你妈妈刚送给我的圣诞礼物。

那时候我们刚在一起几个月。枪声响起的那一刻，我的第一个念头是我可能再也见不到她了。紧接着，我想起来我小时候闯祸的时候我爸总说的那句话：

"怎么搞的，巴克曼，怎么回回都是你啊？！"

接下来的几秒钟，我想的是如果我有机会再见到你妈，她肯定会生我的气——只是给了我一块好手表，我就吃了枪子儿，我可真是一个"好运"的家伙。

人们还是问我那一刻有没有害怕死亡。答案是没有。这不是因为我特别勇敢、特别男子汉或者疼痛阈值特别高，仅仅是因为我本能地决定这一次我要冷静行事。至少一次。生物学家可能会称之为"生存本能",而你奶奶会说这是"有家教"。

我当时想,如果我不闭嘴躺平,下一刻子弹可能会击穿我的脖子。所以我就一动不动地躺在那儿,一声也不敢出。当劫匪再次举起枪,朝着地板扣动扳机的时候,我以为我又被打中了。

那时候我才以为自己会死。

在那之后的记忆有些混乱。我听到跑远的脚步声,一扇门砰地关上,一辆车在外面紧急刹车,许多个声音焦急地吼着让我躺着别动。但我还是想试着站起来。至于原因嘛,你知道的,我真的有点白痴。

我记得我的双脚徒劳地动了动,感觉像是动画片里的卡通人物意识到他们已经跑出悬崖的那一刻。

紧接着:疼痛。

一种巨大的残忍的疼痛从我的腿部传遍全身,蚕食着我的每一寸意识,像是痛了一辈子那么久。那感觉就像是有人一遍又一遍地向我开枪,子弹从我的身体里进出,穿过血肉肌肤。

我不知道自己在地板上躺了多久,只记得那种巨大的痛苦。

我能回想起的下一件事就是警察，然后是医务人员。我似乎听到一个人说"直升机已经降落了"，但我不喜欢坐飞机，于是我声嘶力竭地大吼，他怎么能忘了把我弄到那破玩意儿上去呢！结果他其实根本没提过直升机。没人知道我在说啥。大脑的运转方式还真有趣啊。

他们给我打了镇静剂，剂量足以让一匹赛马坐下来一边喝可乐一边在手机上下载游戏。

从这一刻开始，这件事给你妈带来的痛苦远大于我。中弹对我来说就像是成为摇滚明星似的，每个人都无微不至地照顾我。但你妈那边就不一样了。

你妈在上班的时候接到了一个电话，电话里只说我中了枪，正被送往医院。你妈只知道她需要立刻赶过去，其他的一概不知。她心急如焚地坐在出租车上，一路上连我是死是活都不知道，还要联系我的家人和朋友。

而我呢？我有了吗啡！

我只记得护士把我抬到担架上的时候，我正在唱歌。不太清楚具体唱的是哪首歌，但我觉得应该是铁娘子乐团的那首《不敢向陌生人开枪》。我记得有个护士握着我的手，轻声说他们需要给我翻个身，让我不要害怕。我还记得那时候我心想既然都到了医院，我还有什么好害怕的，除非她也打算对我拔枪相向。我好像不只是这么想的，也是这么说的，因为护士对我露出了尴尬而不失礼貌的微笑。接着护士们把我翻了个面，我感觉到四双手一起在我后背上疯狂地摸索。直到那时我才意识到，血浸满了我的衣服，他们无法判断枪伤是否不止一处。

是的。那一刻我简直要吓尿了。

但是他们给我打了更多吗啡。一切迎刃而解。

被推进手术室的时候，我告诉护士她得找到我的女朋友，让她知道我没事，一切都会好起来的。护士拍了拍我的脑袋，让我别担心。我抓住她的手腕，盯着她的眼睛大吼："你根本不了解我女朋友！这不是为了我个人的安危，而是事关整个医院员工的安危！"于是他们又给我打了一针吗啡。

不过我想终究还是有人把我说的话当回事儿了。因为没过多久，另外一位护士就打开了候诊室的门，手指放在唇上示意你妈妈安静，然后点头让她进来。我知道你妈妈一定吓坏了。她在哭。我在风暴中心安然无恙，但她却是被龙卷风高高抛起的那个人。

很少有人能准确说出确信要和另一半共度余生的那一刻。而我三生有幸。

你妈妈说,当护士领着她上下楼梯,走过长长的走廊,突然打开那扇门的时候,她的心碎了一地。我躺在担架上,浑身都是血。而我只知道,当我转过头看到她的那一刻,我的心要从胸腔里跳出来。我一辈子都会记得那种感觉。就是在那时那刻,我确信我会陪伴她到宇宙毁灭。

我当然希望我确定地说你妈妈那一刻和我的感受一样。但是,你也知道。

我那时候已经飘飘欲仙了。

所以,当你妈跑上跑下,走过长长的走廊,心悬在嗓子眼,眼泪挂在双颊上的时候,你妈看到我躺在担架上,像一头打了镇静剂的犀牛一样神志不清地给小护士们讲"两个爱尔兰人在船上"的笑话。

所以说实话,那一刻她大概是讨厌我了。

但她还是留下了。我人生中最大的成就除了给你贡献了一半基因之外,就是留住了她。

医生从我的大腿里取出子弹。整个过程实际上没有听起来那么夸张。真正的戏剧性发生在第二天。当吗啡的药劲过去之后,一个护士进来把导尿管从我的……等你长大就知道导尿管是从哪儿拿出来的了。说真的,如果她让我在拔导尿管和再中一枪之间选的话,我可能真的需要一点时间来考虑。

后来他们给了我一瓶药,告诉我可以回家了。我在医院里待的时间总共还不到一天一夜。子弹射进去,子弹取出来。杰克·鲍尔还没演完《24小时》的一集,我就又躺到了自己家床上。

生活就在这些微小的分寸之间。几厘米的偏差,人生彻底改变。

后来警察给我看了歹徒用的那种枪,给我指了指我中弹的位置,告诉我哪怕开枪的角度偏差一毫米,结果都会完全不同。如果歹徒的枪口向右偏一点,我可能就永远当不成你爸了。如果枪口向上移一点,可能我就再也走不了路了。如果再往上一点的话,唉。再往上一点,我就不会坐在这里写下这些字了。

我吃了一个月止痛药,拄了两个月拐杖,看了三个月心理医生。我花了一整个春天,才能重新学会走路,又过了整整一个夏天,半夜才不会从噩梦中尖叫着惊醒。如果你想知道为什么我总说配不上你妈妈,原因有千千万万。

那些难熬的夜晚只是其中的万分之一。

你的母亲像狮子一样勇敢。永远不要忘记这一点。每个人听了我中弹的经历都很照顾我,给我止痛药,让我免费坐出租车,在附近的酒吧喝免费啤酒。可是,在我轰然倒下的时候,是你妈妈撑起了我们的生活,让我们的生活没有一同垮塌。她没日没夜地工作，付清所有账单，每天清晨和夜晚小心翼翼地给惨不忍睹的伤口换上新的纱布，那个伤口就像是一根圆珠笔径直捅进大腿里那样深。当我打电话给她，告诉她我第一次自己一个人爬到了浴缸的时候，她激动得像是我在世界杯决赛上进了决胜球一样。当我强压着恐慌症，重新学着在超市里排队的时候，是她握住我的手，坚定地告诉我一切都会好起来的。

她才是真正挨了一枪的那个人。永远别忘了这一点。

那年秋天，我们去了巴塞罗那。在一座小教堂旁边的广场上，我单膝跪地，请求她永远不要像对我那样对其他男人发脾气，哪怕我只是把湿毛巾扔在了地上而已。第二年夏天，我们结婚了。三周后的一个清晨，她用一根小塑料棒疯狂地敲我的脑袋把我喊醒，对我大吼："一道杠还是两道杠？快看看这棍子上到底是一道杠还是两道杠？？？"

第二年春天，你出生了。

人生是一场分寸之间的游戏。

现在你明白了，当我们站在学校门口的时候，我为什么紧紧地握住你的手，或者久久地握住你的手。大部分人永远不会意识到，人不是永生不死的。

我知道将来的某一天，我会在你和你的朋友们面前展示这个伤疤。当你们走开的时候，你的朋友们会瞪大眼睛问你:"真的假的?他真的中过枪?"你先是戏剧性地沉默几秒钟,挺起胸膛,缓慢而坚定地点点头,直视他们每个人的眼睛。接着你会耸耸肩,无所谓地说:"没有啦,你们知道的,我爸话太多了。可能就是个胎记吧。"

直到现在,我依然没有放弃取悦你这件事。我希望你不要生我的气。希望你不要生这本书的气。

你和你的母亲是我这辈子最伟大、最美妙、最令人提心吊胆的历险。我每天都很惊讶你依然允许我跟在你身后。

所以永远记住:每当我不可理喻、令你难堪、让你觉得不公平的时候,想想你就是不告诉我你到底把车钥匙藏哪儿去了的那天。

别忘了,是你先挑事儿的!

不要和你妈争辩

作者 _ [瑞典] 弗雷德里克·巴克曼　译者 _ 孙璐

编辑 _ 孙雪净　装帧设计 _ 星野　插图作者 _ 张弘蕾　技术编辑 _ 白咏明
责任印制 _ 刘淼　出品人 _ 王誉

营销团队 _ 果麦文化营销与品牌部　物料设计 _ 朱凤婷

鸣谢（排名不分先后）

朱君君　王维思　吴涛

果麦
www.goldmye.com

以 微 小 的 力 量 推 动 文 明

图书在版编目（CIP）数据

不要和你妈争辩 / (瑞典) 弗雷德里克·巴克曼著；
陶曚译. -- 天津：天津人民出版社, 2020.5（2025.8重印）
ISBN 978-7-201-15871-6

Ⅰ.①不… Ⅱ.①弗… ②陶… Ⅲ.①随笔－作品集－瑞典－现代 Ⅳ.①I532.65

中国版本图书馆CIP数据核字(2020)第047591号

Saker Min Son Behöver Veta Om Världen by Fredrik Backman
Copyright © 2012 by Fredrik Backman
Published by arrangement with Salomonsson Agency AB, through The Grayhawk Agency Ltd.
Simplified Chinese translation copyright © 2020 by Guomai Culture & Media Co., Ltd.
All rights reserved.

图字 02-2019-280

不要和你妈争辩
BUYAO HE NIMA ZHENGBIAN

出　　　版	天津人民出版社
出　版　人	刘锦泉
地　　　址	天津市和平区西康路35号康岳大厦
邮政编码	300051
邮购电话	022-23332469
电子信箱	reader@tjrmcbs.com
责任编辑	孙　瑛
特约编辑	康嘉瑄
	孙雪净
装帧设计	星　野
插图作者	张弘蕾
制版印刷	北京盛通印刷股份有限公司
发　　　行	果麦文化传媒股份有限公司
开　　　本	880毫米×1230毫米　1/32
印　　　张	5.25
印　　　数	90,001-93,000
字　　　数	88千字
版次印次	2020年5月第1版　2025年8月第14次印刷
定　　　价	39.80元

图书如出现印装质量问题，请致电联系调换（021-64386496）
版权所有　侵权必究